モンスター娘のお医者さん0

折口良乃
Illust Zトン
キャラクター原案 ソロピップB

サーフェンディット・ネイクス、
と再会。
ともに研究室を運営する。
ライム
グレンの先輩で、同じく
クトゥリフに師事する
スライム族。

チェルベ
アカデミー運動部二年のケルベロス族。
グレン・リトバイト
フリゥ
ベルメール
ドラコニア

Contents

ダッシュエックス文庫

モンスター娘のお医者さん0

折口 良乃

プロローグ　ヒミツのお話

ふと過去を思い出すとしたら、どんな時だろうか。

魔族専門医グレン・リトバイトは、日々の仕事に忙殺《ぼうさつ》されており、ゆっくりと過去を思い返す、ということがなかった。しかし、サーフェをはじめ、彼のこれまでを知る者たちは、時として昔話に興《きょう》じることもある。

グレンを中心とした、思い出話に。

季節は春。

竜の街リンド・ヴルムの墓場街区に、新たな支配人が就任した。初代の骨を引き継ぎ、自在にその姿を変えられる支配人――モーリー・ヴァニタス。

これは彼女が墓場街をとりまとめている頃の、グレンの昔話である――。


「おっ邪魔しま――――――っすデス！」

その日。

診療所に飛び込んできたのは、柑橘《かんきつ》系の匂《にお》いをまとわせた、クリアグリーンの体色の女性であった。

いきなり診察室に入ってくる彼女。昼休みを狙《ねら》ってきているので別に構わないのだが、患者がいたらどうするつもりだったのだろうか。

「ら、ライムさん？」

「は――――いスライムのライムでス！　いつもより三倍元気でお届けしておりマス！」

緑色のスライム――ライムが、敬礼のポーズで告げる。

耐水性の看護服を身にまとった彼女は、中央病院で勤務するナースである。元々はクトゥリフに師事する医学部の学生であり――つまりはアカデミー時代からのグレンの同門なのだが――。

アカデミー時代のグレンは、勉学一辺倒《いっぺんとう》であった。あまり先輩らと交流してこなかったために、ライムの遠慮がない態度には少し戸惑《とまど》うこともある。

スライムのツインテールが、ふわふわと揺れる。ゲル状体組織《たいそしき》で作られた彼女の髪は、どういう仕組みなのか、内部から泡《あわ》がふつふつと浮いてくることがある。体表面でぷくぷくはじける彼女の泡は、そのたびに柑橘系の芳香《ほうこう》を漂わせる。

「あ、これ、スカディ様の術後経過レポートらしいデス。グレンくんにも渡しておけってクトゥリフ先生が」

「あ、そうだったんですね、ありがとうございます」

にゅるりと伸ばされた手から、グレンは書類を受け取る。書類の隅《すみ》についたゲル状物質を手で払いのけると、ずずず、と自発的に動いてライムのもとへと戻っていった。

「ありがとうございます。拝見《はいけん》させていただきます」

「デスデス！」

ツインテールを持ち上げて、笑顔を見せるライム。

報告書に簡単に目を通すグレン。術後のスカディは順調な回復を見せているようだった。神代生物ショゴスの寄生——それによって生まれた第二の心臓はもうない。元気なスカディが見られる日は遠くないだろう。

そのショゴスも、今では墓場街の支配人として新たな生活を始めている。

「……あの？」

「はいハイ？」

「近く……ないですか？　ライム先輩」

「まあまあ、これくらい友達距離デス」

「と、友達」

グレンは反応に困る。

立場上、先輩なのは確かだが——友達と言える距離感だっただろうか。まあライムは誰にでも人懐《ひとなつ》っこいので、構わないのだが——。

「むー」

ライムの人懐っこい眼球——本来ゲル状生物であり、眼球は存在しないはずだが、ライムが擬態《ぎたい》して作り出す目はくりくりと輝き、まるで本物の眼球のようだ。

無邪気なその視線に、グレンはどんな顔をしていいかわからなくなる。

「あの……報告書渡すだけなら、妖精さんにお願いしても良かったのでは？」

「なにを言うのデス！　この機会にちょっと仕事をサボ……いえいえ！　グレンくんと親睦《しんぼく》を深めたいと思いましてね!?」

「は、はあ……」

確かに——と思う。

勉強に明け暮れて、グレンはクトゥリフの弟子《でし》の中で唯一《ゆいいつ》、開業を許された。総合的にもっとも成績が良いのはグレンだったのだが——それは必ずしも、他の生徒が優秀ではない、というわけではなかった。

例《たと》えば薬学に関してはサーフェが抜きん出ていたし、各種族の専門医療に関してはそれぞれ突出した生徒もいた。

「〜〜〜♪」

ライムとて、ペーパーテストの成績は悪かったはずだが、それでもクトゥリフの弟子としての経歴は長い。グレンが知らないだけで、彼女にしかない能力をクトゥリフが評価しているのは間違いないはずなのだ。

「診療所、初めて来たけどいいデスね♪　なんだか懐《なつ》かしい気がしマス。ほらほら、アカデミーで一緒にやった研究室とか……」

「一緒にやった……研究室……？」

グレンは首を傾《かし》げた。

記憶にないことだ。クトゥリフの門下生には、数人のグループで独自の研究を行うカリキュラムもあったが——グレンは確か、サーフェの研究を手伝っていたはずだ。そこにライムがいたことはないのだが——。

「あっ、え、えっとデスね」

思い出せない——と言おうとしたが。

なぜか体の表面を波打たせて、ライムのほうが慌《あわ》てている。アカデミー時代のなにかを忘れているのだとしたら、グレンのほうが慌てるべきなのだが。

「あら、ライム？」

互いに言葉に迷っていると。

サーフェが顔を出した。外出用のヴェールをまとっている。

「先生、ちょっとお昼に出てきてもいいですか？　ついでに買い出しもしてきます」

「え、う、うん、いいけど……サーフェが行くの？」

「新薬の材料、私が直接見たいので――ほら、ライム、行くわよ。いつまでも先生の邪魔をしてるんじゃないの」

サーフェが当然のように、日傘《ひがさ》の先端でライムを突っついた。

「あっ、は、はーいデス」

ずぶり、と日傘を差し込まれながらも、ライムは平然としている。スライムだからできるコミュニケーションである――日傘が溶かされる危険はあるが。

「では先生、行ってきますね」

「あ、う、うん、気をつけてね」

グレンはそう言うしかない。

釈然《しやくぜん》としないものを感じながらも――グレンは午後の診療に向けての準備を始めるのであった。

「あの話は秘密だって言ったでしょう！」

診療所から近いカフェテリア。

ベーコンエッグのサンドイッチを食べながら、サーフェは小声で――しかしはっきりとした語調で、ライムに告げた。

「うう……ついつい昔のことを～……」

「せめて事前に私に言いなさい」

「うっかり口を滑らせたんデス～～～」

ライムが泣くと、彼女の体表面もぶるぶると震える。

好物のライムジュースを飲みながら、ライムは泣きだす。ツインテールもぶるぶると震えて、小さな体組織が飛び散った。

スライムの破片が当たらないように気をつけながら、サーフェは。

「気をつけてよ、ライム」

「でもでも！　寂《さび》しいじゃないデスか！　私とグレンくんとサーフェちゃんの三人で、一緒に研究室をやっていたのに！　でも、グレンくんはそれを忘れてて……」

「私も気の毒だとは思っているけれど」

サーフェが眉根《まゆね》を寄せて、泣きじゃくるライムを見る。

悲しんでいるのは本当なのだろうが――それでも不定形生物であるライムが泣いているさまは、どうしても人間を真似《まね》ている感じがぬぐえない。

「……結局、グレンくんはどこまで覚えているんデス？」

「それはわからないわ。私も下手に言及してしまうと、先生の記憶の混乱を招いてしまうと思っているから――なるべく彼の前で、アカデミーの話はしないようにしているの」

サーフェがやはり囁《ささや》くようにして告げた。

こんな話をするのも、相手がライムだから——グレンの学生時代を、よく知るものだからである。

サーフェとライム、そして彼女たちの師匠《ししょう》クトゥリフは、一つの秘密を共有していた。それは決してグレンに知られてはならないし、グレン自身も思い出せないだろう、アカデミー時代の秘密である。

「アカデミー時代の記憶の中でも、特にライムのことを……グレンは、忘れてしまっているようではありますね……」

「ううう、寂しいデスねぇ」

「ちょっと、テーブルに広がらないで」

ライムはその人型を崩《くず》して、べたりとテーブルに体を乗せた。体の維持《いじ》が面倒《めんどう》になってしまったのか、どろどろと溶けていく様《さま》は生物というにはあまりに特異である。

スライム族。

自在に変化させられるアメーバのような肉体を持ちながら、一方で人や魔族と対等に会話できる知性を持つ。魔族の中でも、特に異様な生態を持つ一族だ。クトゥリフによれば、その起源は、新しく支配人に就任したショゴス＝モーリーに関係しているのではないか、ということだ。

いずれにせよ常識では測《はか》れない生態を持っていることに変わりはない。

「まあ、だからこうして、わざわざお昼に連れ出したんじゃない」

「ほエ？」

「思い出話をしましょう、と言っているのよ。私もグレンとは話せないし。アカデミー時代のことを共有できれば、ちょっとは貴女《あなた》の寂しさもまぎれるんじゃないの？」

「ほ、本当デスか！」

うにょん！　と楕円形《だえんけい》に広がっていたライムが、あっという間に人の形に戻った。

「いいんデスか！　サーフェちゃん」

「お昼休み、あまり時間は取れないけど……でも、たまには私も、昔の話をしたいときがあるもの」

サーフェは目を細める。

彼女が思い返すのは、魔族領の首都にあったアカデミー——クトゥリフの門下生としての記憶だった。

「私は実家の伝統的な製薬のみならず、より先進的な薬学を修めたかった。そこで魔族研究の権威《けんい》として名高いクトゥリフ様に弟子入りするため、実家を飛び出してアカデミーの門を叩《たた》きました」

「志《こころざし》高いデスねえ」

「当時、すでにライムはクトゥリフ様に学んでいましたね」

「そうなんデスよ、それで、私たちも基礎を学び終えて進級した時に――」

「はい」

サーフェはため息をつく。

「グレンが来ましたね……いろいろな意味で、騒動《そうどう》の元凶でした。はあ」

回想の始まり。

幼馴染《おさななじ》みとして育ち、今ではとても愛《いと》しく思っているグレン・リトバイト――しかし彼とアカデミーで再会した時、サーフェの心は決して喜びだけではなかった。

なにしろ。

魔族ばかりのアカデミーで、一人だけ圧倒的な成績で飛び級し、それまでの先輩たちの成果まで抜き去ってしまうのだから。

「大変でしたネ。ホントに」

看護師と薬師《くすし》。

二人は、今だけは女学生の心に戻って、若き日のグレンのことを思い出す。

きっかけは――グレンたちがクトゥリフから、研究室を作るよう命じられたことであった。

研修1　確執のケルベロス

かつて、人と魔族が争う、百年にもわたる大戦があった。

戦争が長引いた理由は様々であるが——その要因の一つによく挙げられるのが、魔族という勢力が一枚岩でなかったことだ。

魔族とは、人でない各種族の総称である。

様々な姿をもつ魔族の一族は、大小あわせて百を超える。また同じ種族であっても、生業《なりわい》や地域によって小部族を形成しており、その力関係は複雑だった。敵の敵は味方というが、魔族の場合は——人間相手に一丸《いちがん》となって対抗する、とはいかなかった。

上下関係が明確であり、上意下達《じょういかたつ》によって大軍を形成できる人間側に対して、魔族はその事情から小部隊程度の軍隊が散発的に戦うことしかできなかった。魔族全体を率《ひき》いて、戦略を決めるような存在が、魔族側には決定的に不足していた。

その結果——長い戦争の中では、ケンタウロスが山岳地帯で決戦を強《し》いられたり、ゲリラ戦の得意なラミアが平地戦を行ったり、巨人族が狭い屋内で戦う羽目《はめ》になったりと——魔族の特性を逆手《さかて》にとられた戦《いくさ》もいくつかあった。

それらの戦闘で大敗を喫《きっ》したのは言うまでもない。

多くの種族を統括《とうかつ》するような指導者を求めていた魔族側であるが——。

戦争末期において、ようやく一人の英傑《えいけつ》が生まれた。

名を、獣王《じゅうおう》レオクレスという。

獅子獣人《ししじゅうじん》の一族であるレオクレスは、細かな部族に分かれていた獣人族を統一し、ケンタウロス、ラミア、ハーピー、人魚族、巨人族などといった有力な種族らとも同盟を結ぶことに成功した。

彼が他種族と協力して作り上げた大軍勢は、もし人間との最終決戦があれば魔族側の勝利を決定づけただろうとも言われる。

しかし結局、そのような大決戦は起こらず、レオクレス王は魔族の心を一つにした英傑として名を残した。

終戦後——。

まずレオクレス王は、魔族領の中心地に大都市を建設した。バラバラであった魔族の意思を統一するための象徴として。そしてまた、二度と人間たちに攻め込ませるような隙《すき》を作らぬよう、魔族が一つであることの証明として。

さらには、戦後の世界を担《にな》う人材を育成する場所として——。

そうして、生まれたのが、魔族領の首都ネメアである。

新たな時代の都市としての機能を持ったネメアには、整備された道路に、巨大なマーケット。各種族の信仰にあわせた教会。街を周回するケンタウロス車と、それらが停車する駅など、先進的な施設がいくつも作られた。

そして、巨大な大学施設——その名も『ネメア・アカデミー』が、中でも特に評判を呼ぶ、のちの時代に活躍する人材を多数輩出《はいしゅつ》する教育機関となる。

アカデミーは多数の学部に分かれ、大陸各地から有能な学者が招聘《しょうへい》された。大陸中を見渡しても最先端の教育がなされることとなる。

あくまで魔族のための学校であるが——建前《たてまえ》としては、全《すべ》ての種族に分け隔《へだ》てなく門戸《もんこ》を開いている。

ある日、アカデミーに一人の少年が留学した。

魔族の都市ネメアでは唯一《ゆいいつ》、初めて迎える種族——人間であった。

わざわざ人間領から足を運び、医学部に入学した奇特な学生の噂《うわさ》は、すぐに学校中を駆け巡《めぐ》ることとなった。

新入生の名はグレン・リトバイト。

医学部に入学して、たった半年で進級した天才の噂は、医学部を大いに賑《にぎ》わせているのであった。

ネメア・アカデミー。

魔族領首都ネメア。その大都市が誇る、最大の教育機関。魔族領で最も進んだ勉学の殿堂である——そのアカデミーの廊下を、一人の少年が歩いていた。医学部所属であることを示す白衣を身に着けている。

「はあ……」

その顔は、憂鬱《ゆううつ》そうである。

名前はグレン。

彼は、東の人間領から来た、たった一人の人間であった。すれ違う学生たちは、全て例外なく魔族であった。『なぜここに人間が？』という視線にも、グレンはもはや慣れた。

「研究室における……自発的研究課題……か」

グレンはため息をついた。

手にしているのは、教授であるクトゥリフからの通知である。彼は医学部に入学してたった半年で、その成績を認められ、二年次に進級した。

医学部どころか、アカデミー全体で見ても異例の速さである。なにしろこのネメア・アカデミーでは、教授が認めなければ何年学ぼうとも進級ができない。クトゥリフの教える学生の中でも、多くの魔族が留年している。

そんな中で、弱冠《じゃっかん》十四歳に過ぎない――しかも人間である――グレン・リトバイトが進級したのだから、周囲の驚きは尋常《じんじょう》ではなかった。グレンに向けられるのは羨望《せんぼう》のみならず、嫉妬《しっと》もある。

しかし。

当人はそんな、同級生の悪感情《あくかんじょう》には鈍感《どんかん》であった。彼を悩ませているのは、二年次になったことで教授クトゥリフから通知された、研究室への参加義務の件である。

「どこかの研究室に所属しろ、と言われてもな」

グレンは、クトゥリフの吸盤に吸いつかれたばかりの腕を撫《な》でる。

ネメア・アカデミーでは、二年次になった学生は、一人あるいは数名のグループで学校側から与えられる『研究室』に所属し、各々《おのおの》のテーマで研究をすることが必須《ひっす》であるらしい。

研究室のテーマは様々だ。グレンはクトゥリフに教えられた一覧《いちらん》を見る。

「薬学、ハーブ栽培……魔族の起源研究……うわ、輸血の実用化？　これ学生でできる研究なのかな。あとは、魔族における耳の形状発達の研究……？　すごいな、マニアックっていうか、偏執的《フェティッシュ》っていうか……」

ネメア・アカデミーの学生は優秀だ。

研究テーマを見てもそれがわかる。この自主研究においても一定の成果を挙げなければ、クトゥリフに進級を認めてもらうことができないのだろう。

グレンの目標は。

一刻も早く、魔族を治療できる医者になることだ。この自主研究でも優秀な成績を出さなければ、その目標は果たせない。

さらに言えば、まだ十四歳のグレンには滞在費もあまりない。優秀な生徒に与えられる特待制度を活用しなければ、卒業までアカデミーにいられる保証はないのだ。

そのためには、最短でカリキュラムをこなし、クトゥリフに医師として認めてもらわなくてはならない。グレンの夢のためには必要なことだ。

必要なこと――なの、だが。

「ううん……」

グレンは息を吐く。

普通は友人とでも研究室を開くのだろうが――グレンには友人はいない。入学して半年、しかも種族が違うグレンは、クトゥリフの同門生から明らかに異質な存在に見られていた。

アカデミーの寮では、ルームメイトであった生徒と馬が合わず、結局一人部屋になってしまっている。グレンは頭を抱えるしかない。

「一人でやるか……それとも、サーフェに……」

一人ではハードルが高そうだ。制度的に認められてはいるが、おそらく雑務も多いのだろう。

一人で研究室を開いた生徒はまずいない。

ここは――アカデミーの唯一の知人。

サーフェンティット・ネイクスがすでに開いている、薬学の研究室に入れてもらう、しかないのだろうか。

（それもちょっと、な……）

サーフェンティット。

かつてグレンの実家に、人質として身を寄せていたことのある、ラミアの少女。

まさかネメア・アカデミーで再会するとは思わなかった。サーフェのほうは、成長したグレンになかなか気づかず――グレンが名乗ったときはかなり驚いていたが。

「……避けられている気がするんだよなぁ」

グレンは、両親とケンカし、半《なか》ば絶縁《ぜつえん》した形で魔族領へやってきた。入学費用と当面の生活費は兄が融通《ゆうずう》してくれたものの、それは事実上、実家との手切れ金であるとグレンは解釈していた。

この大都市ネメアで、グレンの知己《ちき》はサーフェしかいない。

にも拘《かか》わらず、彼女はグレンと積極的に話さない。グレンのほうから声をかけても、なんだかよそよそしく感じるのだ。

そうなってしまうと、自分から話しかけるのを、どうしても躊躇《ためら》ってしまう。

「どうしよう……」

友人はおらず、幼馴染《おさななじ》みは近づきがたい。

頼りになるのはグレンの才能を買ってくれている師匠《ししょう》クトゥリフであるが、彼女は課題においては甘やかしてはくれないし――なにより目つきがコワイ。たまに舌《した》なめずりをしている風もある。借りを作りすぎるのは良くないと思うグレンだ。

やはり一人でやるか――。

「あっ！　グレンくん、グレンくーん！」

などと考えていると。

アカデミーの廊下を、一人の生徒が滑るようにしてやってきた。独特のツインテールにぷつぷつを泡《あわ》を浮かべている。

緑の体色。可変型のゲル状の肉体。一目見ればおよそ忘れまいと思える彼女は――。

「……えっと」

グレンは。

しばらく、親しげに近づいてくる彼女を見ながら。

「――どちら様でしたっけ」

「あううッ!?」

グレンのとぼけた返事に、べちゃりとその体を廊下に打ちつけるのだった。

「ま、前に自己紹介したじゃないデスか！」

「あ、僕が編入した時に……でしたっけ？　すみません、えっと——あの時、医学の勉強のことしか頭になくて……」

「嘘《うそ》でも緊張してた、とか言うもんデスよ！」

「面目《めんぼく》ないです……」

他の生徒のことに興味がないわけではないのだが——それ以上に、グレンには勉学が優先であった。それでも同級生の名前を憶《おぼ》えていないのは咎《とが》められても仕方ない。

「もー……！　私は△△××○△デスってば！」

「……なんて？」

瓶《びん》に入れた糊《のり》をかき混ぜたような、ぐちゅぐちゅるという音で名乗られた。

実に言語化しがたい。

「あの……それスライム発音じゃないですか……だから覚えられなかったんですよ」

「あ、そうデシたそうデシた！　ここではライムで結構デスよ！　ライムばっかり食べてたらいつの間にかそう呼ばれるようになったデス」

髪——を模《も》した頭部からはじける泡。

香るのは柑橘類《かんきつるい》の匂《にお》い——そうだ。彼女の本来の名前は、公用語の発音ではとても再現できないために、アカデミーではライムで通っているのだった。

「ライム先輩……」

確か、クトゥリフの教室では最も古参《こさん》の生徒の一人だ。しかしその割に成績はあまり良くなかった気がする。

ツインテールと、あどけない顔立ちはグレンより年下にも見えるが、スライム族であるがゆえ肉体は自在に変えられるだろう。なにより身から放つライムの香りが、外見よりも如実《にょじつ》に、彼女がそこにいることを示す。

服は着ていないが、体を変形させて、首周りに襟《えり》を、腰にはスカートのシルエットを作り出している。高く作った襟が、少しだけ大人びた印象を与えるが――それでも外見といい口調といい、おしゃまな童女、というイメージだ。先輩には見えない。

「はあ、それで……僕に用事が？」

「あっ！　そうだったんデス！　もう大変なんデスよ！」

「ええと、なにが……？」

グレンは戸惑《とまど》うしかない。

ライムと話したのも、まだ数回しかないはずだ。それなのにライムは気さくに距離を詰めてくる。ライムのことをろくに知らないのに、グレンはどう対応していいかわからなくなってしまうのだった。

というか。

（根本的に……僕は友達付き合いが下手だな……）

実家にいた時も、外で遊ぶより本を読むのが好きな子供だった。

社交性を兄に、天真爛漫《てんしんらんまん》さを妹にとられたグレンは、内気な少年でしかない。魔族領に留学したとはいえ、それがすぐに改善されるわけもない。

「とにかく来てくだサイ！」

「え……う、うわぁ！」

じゅるり。

ライムがその体を崩《くず》して、緑色の粘性《ねんせい》物体へと変わる。

それが素早くグレンの下に潜り込み、そのまま運んで行った。抵抗しようにも、ゲル状のスライムの肉体に摑《つか》める部分などはないので、されるがままだった。

「急ぐのでこの姿で失礼しマスよ！」

「せ、せめてもうちょっと優しく……うあぁ――……ッ」

グレンの叫びもむなしい。

スライムに乗せられて運ばれる天才生徒の姿を――すれ違うアカデミーの学生や教師たちが、奇異の目で見つめるのであった。

「ここデス、ここ」

ライムが、ずるりとグレンを床に落とし、人型に戻る。

ライムが連れてきたのは、医学部が所有する研究室の一つであった。入り口のプレートには『薬学研究室』とある。

研究室の主《あるじ》の名は――グレンのよく知る女性だった。

「ですから――」

部屋の中から涼《すず》やかな声がする。

顔を見なくともわかる――この声は。

「私に相談されましても……」

幼いころ、少しだけ共に過ごしたラミアの女性――サーフェンティットである。このアカデミーではグレンより先輩となる。

「ここはあくまで私の研究室にすぎません。ええっと……チェルベさん？　でしたか。体調不良はわかりますけれど、私の知識では、やはりお役に立てないかと……」

「そう言わず、なんとかお願いするッス！　サーフェさんは、医学部において随一《ずいいつ》の才媛《さいえん》とお聞きしたっス！　なんとかウチのワンコたちを助けてあげてほしいっス！」

「頭を上げてください。こ、困ります……」

グレンの位置から見えるのは、髪を切りそろえたサーフェの姿。

再会したサーフェは、グレンの記憶よりも、遥《はる》かに美しく成長していた。もちろんまだ学生であるから幼さはあるが――それでもグレンから見れば、憧《あこが》れを抱いてしまう年上の女性である。しかし、なぜか今は困惑《こんわく》したような声をあげている。

部屋の中にはサーフェの育てているハーブの植木や、製薬に使うのだろう試験管、計量器具、鍋《なべ》などが見える。

サーフェと話している相手の姿は見えない。

「そこで颯爽《さっそう》！　登場デスよ！」

こっそり見ているのかと思いきや。

ライムが勢いよく扉を開けた。何故《なぜ》か異様なほど得意げな顔である。

「ら、ライム！　どうして？」

「困ってるサーフェちゃんのために助《すけ》っ人《と》を連れてきたデス！　はいはい、入っテ入っテ！」

ライムがグレンの背中を押した。

「あっ、ぐ、グレン……？」

「えっと、うん。お邪魔します、サーフェ……先輩」

子供の頃は、サーフェお姉ちゃん、などと呼んでいたこともあった。しかし今、人前でそう呼ぶのは妙な照《て》れくささもある。まして彼女は先輩だ。

礼儀をわきまえる意味でも、敬称をつけたのだが——。

「………はい」

ぷい、と。

サーフェはなぜか、グレンから目を逸《そ》らす。やはり何故かよそよそしい。自分はなにかしてしまったのか。

（ああ……）

たとえ子供の頃遊んだと言っても。

やはり大人になってしまえば、関係性は変わってしまうらしい。グレンは寂《さび》しい思いを抱えながらも、ひとまず平静を装ってみる。

グレンは十四歳――あくまで大人として振る舞いたい年頃であった。

「あー、グレンくんッスね！　話題になってるッスよ！」

研究室の奥には。

なぜか四つん這《ば》いになっている女性がいた。どうやら先ほどまで、その姿勢でサーフェに頭を下げていたらしい。

「――は、初めまして」

「自分、運動部二年次のチェルベっていうッス！　よろしくお願いしまッス！　おおー……ホントに人間なんッスね。初めて見たッス」

研究室の来客――チェルベが声をあげると。

「わおん！」「わふん！」

彼女の両肩にあるソレも、大きな声で鳴いてみせる。

「あ、自分、ケルベロス族っス！　こっちは両頭の、オルとエリュっす！」

チェルベは、満面の笑みでそう告げる。

（ケルベロス族――初めて見た）

グレンは唖然《あぜん》とする。

なにしろチェルベの両肩からは、犬の頭部が生《は》えている。

魔族の中でも希少《きしょう》と言われるケルベロス――。

一見すると、犬の耳と尻尾《しっぽ》をもった獣人族《じゅうじん》であるのだが――その両肩から生える、犬の首こそが、ケルベロスをケルベロスたらしめる最大の特徴である。チェルベの両肩の犬たちは、舌を出してじっとグレンを見つめている。

（両肩の犬にはそれぞれ脳と自我がある――人間に似た本体と、どんな生物とも異質な『三頭』というのが、ケルベロスの最大の特徴……）

医学書の記述を思い出しながら、グレンはチェルベを観察した。

「任せてくだサイ！」

なぜかライムが得意げに、チェルベの顔を見る。

「このグレンくん、クトゥリフ医学部始まって以来の天才少年デス！　チェルベさんのお悩みもばっちり解決しちゃうデスよ！」

「「えええッ!?」」

グレンとサーフェの声が重なった。

訳もわからず連れてこられたと思ったら――悩み相談？　なぜ自分がそんなことを。グレンの頭が疑問符で埋まる。

だが、ライムは本気なようだった。

チェルベの悩み、とやらはわからないが――グレンがそれを解決できると確信している様子。

むふーと息を吐いて、してやったりの顔だ。

「ほんとっスか！　よろしくお願いしまッス、グレンくん！」

チェルベがグレンの手を握る。

学部は違えど、同じ学校のたぶん先輩が、期待に満ちた目を送る。

「……ええと」

「私からもお願いします」

グレンが逡巡《しゅんじゅん》していると。

思わぬ方向から、頼まれた。サーフェはグレンの肩に手を置いて。

「私では、ちょっと手に余る相談でした。でもグレンならもしかすると――いいアドバイスができるかもしれません。私の成績さえ、軽く抜いてしまったんですから……グレン、お願い、頼めないかしら？」

先輩たちに囲まれ、グレンは言葉を失う。

自分は、魔族領首都ネメアに、半ば家出同然でやってきた身だ。金もなければ友人もいない。誇れるものは成績だけ。

だが――。

今、その知識を、ライム、サーフェ、チェルベの三人が当てにしてくれているようだった。

ならば、グレンにできるのは――。

それになにより、憧れの女性が自分を頼ってくれているのだから――。

「わか……りました」

絞《しぼ》り出す声は、小さいものだったが。

「どこまでできるかわかりませんが、とりあえず、お話を……」

「ありがとうございまッス！」

とチェルベの右肩の犬が吠《ほ》える。左右の頭部もまた、チェルベの心に反応しているのだろう。

チェルベはグレンの手をとって、ぶんぶんと振り上げる。

「わお――――んんん……！」

――振り返ればこれが、グレン・リトバイト、初めての診察となるのであった。

チェルベは、運動部の二年次だという。

運動部とは身体《からだ》を鍛《きた》えることを主目的とする学部である。大陸各地から肉体自慢の若者が集まっているが——その実態は、兵士となる人材の育成であった。戦争は終結したが、いつあるかもしれない戦時に備えておくのは重要だ。

だが終戦直後にそれを喧伝《けんでん》するわけにもいかず、ネメア・アカデミーでは運動部という名前で、平時に活躍する人材を育てる、という建前になっていた。運動部学生は日々、陸上競技、やり投げ、円盤投げ、格闘技、球技、果ては水泳など、多岐《たき》にわたる種目で肉体を鍛えあげている。

「自分で言うのもなんッスが、自分、成績優秀だったッス」

てへへ、と舌を出すチェルベ。

亜麻色《あまいろ》の髪をポニーテールにして、浮かべるのは快活な表情。腰から生えた尻尾は、先ほどからよく動いてチェルベの感情を伝えてくる。ふりふりと振られていることから、グレンは既《すで》にチェルベに警戒《けいかい》されず、味方として認識されていることが判《わか》る。

彼女が着ているのは、体にぴったりとくっつくインナーだ。サーフェの着る遮光《しゃこう》インナーに似ているが、おそらくより吸汗《きゅうかん》性に優《すぐ》れた衣服だろう。上下に分かれており、彼女の鍛え上げられた腹筋がよく見えた。

引き締まり、鍛えられた肉体。運動競技は苦もなくこなすだろうと思われた。

「特待生で学費も免除《めんじょ》されてて……でも最近、成績が落ちちゃって……」

「何故ですか」

「えっと……」

チェルベは、不安そうに目を泳がせた。

彼女は、自分の両肩――ケルベロスの特徴である、肩の犬の頭に目を向ける。

「左がオル、右がエリュっス。ほら、ご挨拶《あいさつ》」

「ぐるるるる――……！」

チェルベから見て左肩、オルが唸《うな》る。オルが唸る先は、グレンではない。

オルが唸っているのは、チェルベの頭部を挟《はさ》んだ反対側――つまりもう一つの犬頭であるエリュに、であった。

「うぐるるるぅぅ――……！」

エリュもまた、歯を剥《む》き出して威嚇《いかく》している。強気なのはオルのようだが、エリュはエリュでオルに負ける気はないらしかった。

涎《よだれ》を垂《た》らしながら、互いに自分の一部であるはずの頭を狙《ねら》っている――その犬歯《けんし》は鋭く、嚙《か》まれてはただではすまないだろう。もっともその構造上、反対側の頭に嚙みつくことはできないだろうが。

「こら、ケンカはダメっス！」

「ぐるぅ……」「きゅうん……」

チェルベが、両手を回して自分の肩を撫でる。

一時《いっとき》は頭を下げて、チェルベの指示に従う二匹――だが、その目線は未《いま》だに互いを睨《にら》んでいた。

「ご覧《らん》の通りッス……最近、二匹ともケンカしちゃってて」

「ケルベロスの両肩がケンカ……ですか。聞いたことはないですが……」

グレンはちらりとサーフェを見る。

サーフェも首を振っていた。成績優秀な彼女でも思い当たるようなことはないらしい。

「もう大変なんっス！　いつケンカするかわからないから、自分も気になっちゃって……そっちばっかり気にしてるせいか、運動の成績も落ちちゃってるんッスよ！」

「それは……大変ですね」

「このまま成績落ちて、特待まで落ちたら学費が……あわわ」

ぶるぶると震えるチェルベ。このネメア・アカデミーでは、種族や身分を問わず有望な学生を集めてはいるが、その分、様々な事情を抱えた生徒も多い。つまりチェルベの場合は、金銭的な事情を――というわけだ。

「ケンカの原因に心当たりなどは、ありませんか？」

「それがないんッスよ！　こうやって治まっていても、またいつ始まるのかわからない状態で……ひどい時は二匹で吠え合っちゃって……ううぅ」

チェルベにも原因がわからないとなると、かなり難しくなりそうだ。

「チェルベさん。やはり私たち学生ではなく、ちゃんとしたお医者様……クトゥリフ様に診《み》てもらうのがいいのではありませんか?」

「怪我《けが》とか病気とかじゃないんスよ……自分は二匹に仲良くしてほしいだけッス!」

チェルベは頭を抱える。そんな真ん中の頭のことなど知らぬとばかりに、左右の頭——オルとエリュは今も睨み合っている。

なるほど、とグレンは得心《とくしん》した。

チェルベの見立てでは、これは病気ではないのだ。だから医者ではなく、医学部の生徒を訪ねてきた。

そもそもライムが最初から言っていた——悩み相談だと。

グレンはちらり、とサーフェを見た。

彼女もなんとかしてあげたいのだろうが——サーフェの専門は製薬だ。チェルベの悩みは薬で解決できるとは思えない。

グレンはまだ勉強中だが、それでも医者を目指している。

そもそも医者を目指したのは——グレンの実家で、病《やまい》に臥《ふ》せっていた幼いサーフェを看病したのが、きっかけなのだから。

「わかりました……ただの悩み相談であり、医者よりも適任だというなら、僕が対応させていただきます」

「グレンくん！　まじッスか！」

おお、とチェルベが飛び上がる。

そのまま抱きつきそうな勢いだ。とにかく人懐《ひとなつ》っこい性格なのだろう。魔族のスキンシップの激しさを、クトゥリフやサーフェに巻きつかれたことのあるグレンはよく知っていた。少したじろぎつつも。

「はい——なので、これからは僕の言うことに従ってもらえたら」

「従うッス！」

即答だった。

あまりにも従順すぎて少し心配になる。

「ほぉら、サーフェ、グレンくん連れてきて良かったデショ！　この完璧《かんぺき》ライムさんの判断に間違いはないのデス！」

ライムが胸を張る。

「——本当なら、相談受けるのも、あなたがやるべきじゃないの？　ライム、先輩？」

「それぞれ適性というものがあるのデス！」

サーフェの皮肉にも耳を貸さない。

彼女はふう、とため息をついてから、グレンの隣にするりと這《は》っていって。

「乗りかかった船ですから、私もお手伝いしますね——それでグレン？　一体、何をする気なの？」

「うん、えっと」

グレンは、チェルベの両肩の犬を見ながら――。

「やっぱり躾《しつけ》をしないと、ダメなんじゃないかな」

躾。

そう言われた瞬間、笑っていたチェルベの顔が固まったが。

まだまだ他人の心の機微《きび》に疎《うと》いグレンは、その変化に気づくことができないのであった。


アカデミーには、学生食堂がある。

格安で腹を満たすことができるため、生徒たちには重宝されていた。菜食、魚食、肉食など様々な魔族の食性に合わせて食事が提供されるのだが――その場合、人間の自分はどうするべきなのか。最初、グレンはどこに並べばいいのかわからなかった。

パンや穀類《こくるい》のコーナーが隅《すみ》にあると知ったのは、サーフェに教えてもらってからだった。

「――食事の順番を決めましょう」

グレンは自分のパンを食べながら、告げる。

向かいに座るのは、牛肉を皿《さら》に盛ってきたチェルベである。赤い肉汁《にくじゅう》が滴《したた》るそれは、火も通していない正真正銘《しょうしんしょうめい》の生《なま》。

完全肉食性であるケルベロス族は、巨大な肉塊《にくかい》を前に目を輝かせていたが——グレンの言葉に、ぴっと背筋《せすじ》を伸ばす。

「りょ、了解っすグレンくん！　——それで、えーと、順番とは？」

「はい。その食事ですが、いつも三等分ですか？」

「そうッスネー、自分たち胃は一つなんで、量は一人分でいいんすけど——やっぱり自分の口で味わわないと、不満が出ちゃうんで。オルとエリュにも食べさせてるッス！」

一人分とは言うが、チェルベの肉の量は他の獣人族と比べてもかなり多めだ。やはり大食いなのだろう。

（脳が複数あるということは……それだけエネルギーを欲するはず……）

ケルベロスの生態は驚くべきことばかりだ。

彼女の左右の頭部は単なる飾りではない——脳があり、口があり、食道が本体のチェルベと繋《つな》がっている。肉体の主導権は真ん中の頭部——チェルベにあるが、ケンカの仲裁《ちゅうさい》に頭を悩ませていることからも、左右の頭を完全に制御《せいぎょ》できるわけではないらしい。

ケルベロス族は、魔族領においても特に過酷《かこく》な地域に棲《す》む種族である。

両肩の頭部は、そんな環境で特に戦闘のために発達したと考えられていた。至近《しきん》距離で敵に嚙みつき、食らうための頭部。

中央の頭を守り、肉体を傷つけるものすべてに攻撃するための自衛器官。

それぞれの頭部に脳があるのは、つまり本体の頭が気づかないような外敵があっても、自律的に迎撃《げいげき》するためだろう——と言われている。

（そこまでしなくちゃ生き残れない……過酷な環境の魔族……）

チェルベもまた、そんな地獄のような地域の出身なのだ。

「犬は、食事の順番で序列をつけると言われています。まずチェルベさん、次にオルさん、エリュさんの順番で、序列を覚えてもらいましょう」

「うっ……じょ、序列っすか」

チェルベは目を伏せる。両肩の犬に目線を向けると、オルもエリュも生肉を今にも食べたそうに舌を出している。

「オルとエリュも、自分にとっては、体の一部で……えっと、ずっと一緒に生きてきた、家族みたいなもんッス。そんな風に、上と下を決めちゃうのは……ちょっと……」

「でもですね、チェルベさん」

グレンはまっすぐに彼女を見て。

「僕は、オルさんエリュさんがケンカをやめないのは、どちらが上かを争っているんだと考えました。文献《ぶんけん》を当たったところ、ケルベロス族はその三つの頭を連携《れんけい》させることで、高い戦闘能力を発揮《はっき》し、過酷な環境でも生き抜いた——とありました。犬にとって連携するということは、上下関係を明確にし、命令系統を確立する——つまり順位付けをする、ということではないでしょうか」

「い、犬じゃないっす。ケルベロスっす！」

「両肩の頭部の特徴は、犬に酷似《こくじ》する、と本にありましたよ。順番をつけるのは必要なことなんです——両方の頭部が、それぞれの順位に落ち着けば、争うこともなくなると思います」

「で、でも……でも自分は……」

チェルベは今にも泣きそうだ。グレンは自分の食事をとりながら。

「僕の言うことに従っていただく、という話でしたよね」

「う、うう……そ、そうでしたッス！　やっぱりやらないと、ダメっすよね！」

頭を振るチェルベ。

まずは生肉を切り分け、自分の口へと運ぶ。彼女が口を開くと、鋭い犬歯が覗《のぞ》いた。

「んっ、んぐ……もぐっ……！　は、はい次、オルの番っス！」

チェルベがまた肉を切り、オルへと運ぶ。オルは待ってましたとばかりに大口を開けた。すると、

「ぐるるる——……」

オルが先に食べたのを見て、エリュが威嚇を始める。

「うう、ご、ごめんッス、エリュ……」

「謝っちゃダメです。上下を覚えさせないと」

「で、でもぉ……！」

すでにチェルベは涙目であった。

「くぅうーん……」

それに同調するように、エリュが鳴く。

寂しげな鳴き声であった。

「わふっ、ばふっ！」

他方、上位とされたオルは得意げであり、エリュに向かって吠えている。エリュはエリュで、オルに吠えられると腹が立つのか、犬歯を剥き出しにしたままだ。

「あうぅぅぅ……」

チェルベは辛《つら》そうだった。

何故こんなに嫌がるのだろう、とグレンは首を傾《かし》げてしまう。治療に必要なのだから、従ってもらわねば困る、と思っていた。

グレンは食事を続けながら、あくまで冷静に。

「チェルベさん。二匹が上下関係を覚えるまでの辛抱《しんぼう》ですよ。頑張ってくださいね」

「が、頑張るッス！」

「ぐるるるる――……！」「きゅううぅーん……」

グレンは気づいていない。

目の前の患者の様子に。ケルベロスの三頭がどうなっているのか、今まさに目の前にいるというのに、本に書いてあった記述を信じている。

グレンは気づいていない。

そんなグレンとチェルベの様子を、別のテーブルから——先輩生徒の二人が、じっと見つめていることにも。

半人前の医師は、まだまだ観察力が不足しているのだった。


グレンがチェルベと行動を共にし始めてから、一週間が経《た》った。

「どうですかグレン？　チェルベさんの様子は？」

サーフェの研究室で、グレンは本を読んでいる。

「……あまり、変化がないみたいです、サーフェ先輩」

「そうですか」

サーフェは目を合わせてくれない。

グレンはチェルベの悩みを解決するために、あれこれと文献を当たっていた。ケルベロスの両肩の関係が悪い——というのは、どの文献にも書かれていないことだった。

グレンの考えた解決策——それぞれの頭部に上下関係をつけるというのは、目立った効果を見せてはいなかった。

「……ハーブティーでも淹《い》れますか、グレン」

「い、いただきます、先輩」

「ちょっと待っててね」

サーフェは植木から摘《つ》んだハーブを茶葉《ちゃば》と一緒にする。サーフェの研究室には、製薬で使う石炭焜炉《コンロ》があった。石炭さえあればすぐに湯を沸かせるのは便利だ。

この研究室は、サーフェが薬学を究《きわ》めるための場所。ハーブか、それとも彼女の作った薬かはわからないが、独特の匂いが漂っている。

(冷たい……わけではないんだよな)

感情が控《ひか》えめではあるものの。

アカデミーのサーフェは、穏《おだ》やかで優しい、グレンの知る女性のままであった。それなのに何故かグレンと目を合わせず、どこかよそよそしい。

チェルベの悩みを解決するために、こうして研究室に出入りすることも許してくれているのだから、嫌われているわけではないと思うのだが――。

「私も飲むデ――――ス！」

「はいはいライム、バケツから出てね」

「えへへ、ここ居心地が良くてデスね」

バケツに入り込んでいたライムが、にゅるりと顔を出す。なんらかの容器に入り込むのが好きらしい。人型をとらないスライム族は、本当に生物なのか疑わしくなるほど、生物らしさがない。

　ずるりとバケツから這いだし、人型に戻るライム。

「はいどうぞ、グレン──それで、どう？　チェルベさんはなんとかなりそう？」

「うん……ええと」

　いい香りのするハーブティーを飲みながら、グレンは言葉に困る。

　この一週間、大きな変化はなかった。グレンはどうにかチェルベの両肩の犬たちに、上下関係を覚えさせようとしているのだが──動物の犬のようにはいかない。どれだけ躾《しつ》けようとしても、すぐにケンカを始めてしまう。

　序列二番目にしたいオルは、優遇されているとすぐ得意げになり、エリュを挑発《ちょうはつ》する。エリュは三番目にされると落ち込むが、オルに挑発されるとそれは我慢《がまん》ならないとばかりにオルに食ってかかるのだ。

「上手《うま》くいってないのね」

「うう……」

　サーフェにはお見通しのようだ。

「順位を争っている、というのは本当なんデス？」

　ライムが聞いた。彼女が飲んでいるハーブティーには、いつの間にかレモンが浮かんでいる。

「それは間違いないと思います。序列をつければ、犬が争うことはないので……」

「んー、でもチェルベちゃん、ケルベロスデスよ？」

「ですが、文献によれば……」

「本は本デース」

ライムはそんなことを言う。

反論したいグレンであったが、根拠が弱い。現実として、グレンはチェルベの悩みを解決できていない。

順位付けは成功せず、チェルベの両肩は争い続けたままだ。ならばグレンの仮説が間違っているということなのだろうか――。

「だったら、ライム先輩にはわかるんですか？　原因が……」

いかにも子供っぽい反論であった。

十四歳らしいといえば、らしいのだ。拗《す》ねたようなグレンの言葉に、しかしライムはくすくすと笑って。

「わっかんないデス！」

「だったら……！」

「でもデスね、グレンくんのやり方が違うナー、っていうのは、わかるデスよ。だってグレンくん、本と睨めっこしてばかりで、チェルベちゃんのことを全然見てないデスからね」

「え……？」

慌《あわ》ててグレンは、手元の本を閉じた。

希少種族ケルベロスのことを少しでも知ろうと、あらゆる本を当たっていたグレンであったが――。

そういえば。

グレンは、本の記述に、チェルベを当てはめようとしてはいなかったか？　犬に似ているのだから、序列争いなのだと、最初から決めつけてはいなかったか？

「あ、えっと……すみません、僕……」

ライムはきししと笑う。

いたずらっぽいその笑顔には、確かに先輩の余裕があった。

「勉強ばっかり……いえいえ、もちろん勉強ができるのはいいことなんデスよ？　でもね、それだけだと良いお医者さんにはなれないんじゃないんデス？　――まあ、クトゥリフ教室ダントツ最下位の私に言われたくはナイかもデスけどぉ！」

「い、いえ、そんなことは……」

「でもま、クトゥリフ先生とずっと一緒だからコソ、わかることもあるわけデス！　クトゥリフ先生ならこういうデスよ――『患者をおろそかにしては治せるものも治せないわ、十点しかあげられないわよ』……って」

声真似《まね》はあまり似てないが、確かに師の言いそうなセリフだった。

「二人は古い知り合いなのよね」

「ですデス。海辺を住処《すみか》にしていた頃、クトゥリフ先生と出会ったわけデス」

ぴこぴこ。ライムのツインテールが動いて肯定する。彼女の髪は、髪に見えるだけのゲル状物質で、手足よりもよく動いて感情を見せる。

スライムは、その体組織《たいそしき》の九割近くが水分である。

そのため、水辺に棲むことで必要な水分を補《おぎな》うことが多い。

体内の浸透圧《しんとうあつ》を調整することで、淡水も海水も吸収できるし、短時間であれば水中の行動も可能だったはずだ。体を自在に変化させられるクラゲ——というイメージをグレンは持っている。

ケルベロスも驚異《きょうい》ではあるが、生物という点においてはスライムの生態も驚くことばかりであった。

「サーフェちゃんからは、なにかアドバイスありますデス？」

「アドバイス？　そうね……」

サーフェ自《みずか》らもお茶を飲みながら。

「グレン、どう？　自分の見立ては間違っていたと、そう思う？」

「お、思います……」

「なら、もう一度、見立てるところから始めるしかないわ。チェルベさんの話をよく思い出して」

グレンは、改めて考える。

順序立てて、一つずつ――チェルベの悩みと、その原因を。

「そもそもチェルベさんは、成績が下がっていることに悩んでいて、サーフェ先輩の研究室に来たんだよね。それで、成績が下がっている原因が、両肩の頭のケンカで……ん？」

いや。

いや――そうなのか？

成績の落ちた原因が、両肩のケンカだというのは――あくまでチェルベがそう言っただけに過ぎないのではないか？

「本当に――そうなのかな」

ぼそりと、グレンは呟《つぶや》いた。

それは独《ひと》り言に過ぎないのだが、彼がなんらかのヒントを得たことはわかったのだろう。サーフェとライムが、目を合わせてにこりと微笑《ほほえ》んだ。

グレンはそんな二人に気づかず、頭の中の推論《すいろん》を組み立てていく。

「ケルベロスの肉体の主導権はチェルべさんにある――だったら、ちょっと両肩が険悪になったくらいで、運動部の競技には関係ない……？　もともと成績優秀なチェルべさんが、そんなことで成績を落とすかな……？」

「グレンくん、どういうことデス？」

グレンの推理を聞くのが楽しいとばかりに、ライムが髪をひょこひょこさせて尋《たず》ねる。

「まさか――成績が下がっているから、両肩がケンカしている？」

「ほへー？」

ライムが、いかにも頭が空《から》っぽな声をあげた。

まあスライムの半透明の頭部には、確かに脳は存在しないのだが。

「面白《おもしろ》い着眼点デスけど……なんで成績が下がると犬がケンカするんデス？」

「わかりません……でも、チェルベさんは成績不振を、オルとエリュが理由だと思い込もうとしているように見えてしまいました……」

よく考えよう。

改めて、思い出そう。

チェルベの様子を――そして二匹の犬の様子を。二匹がケンカするときは、どういう時だったか。そこに理由はなかったか。

チェルベは、二匹のケンカの理由がわからないと言っていた。

チェルベから見てわからないだけで――グレンから見れば、なにか手がかりがあったかもしれない、と。

「グレン、もう一つアドバイス、いいですか？」

「えっ、あ、はい」

再び思考の袋小路に入り込もうとしたグレン。

そんな彼の様子を見計《みはか》らったように、サーフェが声をかける。

グレンのよく知るラミアの少女――彼女が浮かべる笑顔は、グレンの実家で出会ったときと同じように、穏やかなものだった、
よそよそしいと思っている中で――時折こうして、本来のサーフェの顔を見せてくれるのが、グレンに安心感を与えた。

「チェルベさんの三つの頭は――脳は別、ですよね？」

「そうですね……そのはずです。二つの犬の頭が、本体とは別に動くからこそ、ケルベロス族は厳しい環境で生きてこれました」

「でも、なにもかも別ではないはず。チェルベさんは自分の頭を『家族』と呼んだけれど……彼女の犬は生まれてから死ぬまで、もしかすると家族よりもずっと、一緒にいる存在です。体も繋がっている……オルもエリュも、チェルベさんそのものなのよ。それだけは決して忘れないであげて」

「――はい、わかりました、サーフェ先輩」

なるほど、とグレンは頷《うなず》いた。

確かに思い違いをしていた。脳が別で、思考も別であっても、それでも両肩の犬はチェルベ自身なのである。右手と左手のどちらが上かなどと決められないように、オルとエリュに序列をつけようとしても、上手くいかないのは当然だった。

別の方法を考える必要がある。

そして――そのための材料は、きっと既にグレンの前にある。ヒントは既に、グレンが摑《つか》んでいる。

グレンの思考は回っている――アカデミーきっての最優秀の生徒は、今、チェルベを助けるためにその頭脳を活用していた。

「あ、あと……それと……ですね、グレン？」

こほん――と、サーフェが何故か咳払《せきばら》いをする。

「？」

「えー……その……」

まだなにか、話すべきことがあっただろうか。

グレンが訝《いぶか》しむが、サーフェはなかなか切り出さない。なぜかライムがずっとにやにやしているのが気になる。

「グレン……私を、ですね」

「はい？」

サーフェの尻尾はぶんぶんと揺れている。揺れ方が不規則で、その感情を推《お》し量《はか》ることはグレンでも難しかった。逡巡――あるいは、照れ？　躊躇《ちゅうちょ》？　だろうか。

「わ、私のことを……先輩と呼ぶのは、なんだか他人行儀なので……ちゃんと、サーフェと、呼んでください！」

「あ――は、はいっ！」

大きな声で言われて、思わず返事をしてしまった。

グレンとしては気を遣《つか》っているつもりだったのだが――どうやらそれが、サーフェにとっては逆効果だったようだ。むしろ彼女に気を遣わせていたようで。

（もしかして……）

グレンは思い至《いた》る。

（サーフェがなんだかよそよそしかったのは……僕が、原因？）

サーフェに避けられていると思っていたが。

むしろグレンのほうが、彼女に対して壁を作っていたのだろうか。だから二人の心の距離は妙に離れてしまっていたのか。

自分は人付き合いが本当にダメだな、とグレンは思う。

いまだに学内に友達もいないグレンだが――ならばこそ、一番親しかったサーフェから、もう一度関係をやり直してみるべきだろうか。

「わ、わかりました……あ、いや、わかったよ、サーフェ」

「は、はい。改めてよろしくお願いしますね、グレン──はぁ、やっと、言えたわ……」

二人で、照れたように笑い合う。

不器用同士が少しだけ距離を縮《ちぢ》めたのを──ライムはただにやにやと笑って見守っているのであった。

それはなにかを企《たくら》んでいるようにも見えたが──幼馴染みを昔のように呼べたグレンは、ライムのその表情には気づかないのであった。


ネメア・アカデミーの敷地内には、整地された巨大な運動場がある。

運動部が競技のために使う場所ではあるが、もちろん他学部の学生も使うことはできる。グレンはそこで、はっきり言ってしまえば不得意な分野である──運動にいそしんでいた。

「わふんッ！」

「わふっ！」「わおんっ！」

グレンが走る。

その後ろからついてくる声は、三重であった。声を発したのはもちろん、三つの頭を持つケルベロス、チェルベである。

「はあっ……はっ、はーっ……はあっ！」

グレンの息は荒い。それもそのはず、すでに三周、この巨大な運動場を走り回っているのだ。後をついてくるチェルベは、息は荒いものの一切へばった様子はない。

「わふわふっ！　グレンくん、楽しいッスね！　もっともっと走りたいッス！」

「も、もっと……ですか、わかりました、頑張ります……！」

グレンの顔は青いが、それでもせがまれては断れない。

チェルベは――。

四つん這いで運動場を駆けていた。普段は二足歩行だが、足の構造を見れば四足歩行も可能であることはわかる。獣人の多くは足の構造を獣《けもの》のそれと同じくしている種族が多く、高速移動の際には四足のほうが都合がいい――ただし腰に相応の負担がかかるが。

そして、さらに。

グレンはチェルベの首に、首輪をつけていた。首輪にはヒモが繋がっており、ヒモの先端はグレンがしっかりと握っている。まさしく富裕層がペットの犬を散歩させるのに使う首輪と同じであった。

（いいのかな、先輩に……こんなこと……）

とはいえ、チェルベに嫌がる様子はない。口を大きく開けて息を吐く様子はまさに犬である。

チェルベは運動場に四つん這いになり、両足を大きく広げて、その間に両手を置く形でグレンの指示を待っている。もはや完全に主の声を待つ犬であった。

（いや、これは治療……治療だから……）

グレンは自分に言い聞かせる。

そう、これはあくまで治療である。

グレンは考えた――チェルベと、両肩の頭オルとエリュ。それは脳を別にする存在でありながらも、肉体では繋がっている。別の思考を持ってはいても、それらは全て一人のケルベロス族・チェルベという存在には違いないのである。

一人の存在に、上下はつけられない。

「はあっ、はあっ……ふっ！」

「わふわふわふわふっ！」

グレンは息を荒らげながら、運動場を走る。

犬の鳴き声をあげながら、チェルベは後をついてくる。追い越されないようにグレンは必死になっていた。

チェルベの機嫌はいい。

それに、両肩のオルとエリュも、ケンカをする様子はない。三匹（？）揃《そろ》って、走り込みに夢中になっている。

（そもそも……順番が、逆なんだとしたら）

グレンは考える。

オルとエリュがケンカをするから、成績が下がる。しかしサーフェはそうは見えない、と言っていた。もし原因と結果が逆なんだとしたら――。

つまり。

成績が下がっているから、ケンカをする。

（オルとエリュは脳が独立している……だけど別の生き物ではない。神経は繋がっているから……）

グレンは走りながら考える。

チェルベは特待生であり、成績が落ちることにプレッシャーを感じていた。なにか些細《ささい》なきっかけで、少し成績が下がったとして――もし、成績が下がった事実に対して、精神的な負担を感じたのだとしたら。

ケルベロスの身体は一つだ。

チェルベの感じたプレッシャーを、両肩のオルとエリュもまた同じように感じたとしても不思議ではない。

（左右の頭は自然に、真ん中の頭部を守ろうとする。無意識のストレスを感じたとしても、それの原因を知る術《すべ》がない。運動部特待生であることのプレッシャーは、チェルベさんだけのものだから……敵から身を守るだけのオルとエリュにはわからない）

ケルベロスは、過酷な環境で外敵から身を守るためにその体を進化させた。

精神的な負荷《ふか》を、外敵からの攻撃だと考える。しかしオルやエリュの視界には、敵らしい敵がいない。攻撃してくるものはいない。

結果として、オルとエリュは、自分にとって最も近い他者――チェルベを挟んだ先にいる、いかにも獰猛《どうもう》そうな獣に対して牙《きば》を剝く。それが自分の鏡写し、チェルベを守る仲間だと知らずに。

(だから……二匹がケンカをするのは、チェルベさんがストレスを感じた時だった)

チェルベのストレスが、無意識の両肩の二匹を攻撃的にさせている。

両肩の頭がケンカしてしまう――それが、ケルベロスの症例として記録されていなかったのも当然だ。ケルベロスの出身地ではおそらく争いが絶えなかった。ケルベロスが攻撃するべき外敵はたくさんいたことだろう。

平和で戦争がないからこそ起こる、ケルベロスならではの症例だ。

「は、はあ……はあ」

「あはっははっ！　グレンくん、もっと！　もっとやってほしいッス！」

「す、すみませんちょっとだけ……休憩《きゅうけい》を」

だからグレンは、チェルベの気を逸らすことにした。

チェルベの成績不振は、おそらく単なるスランプだ。それはいずれチェルベ自身が解決することだろうが、問題は――。

成績不振によるプレッシャーが必要以上に、チェルベに襲《おそ》いかかっていることにある。だからこそグレンは、彼女の気晴らしをすることにした。

競技に関係のない運動——さらに普段は関係のないグレンも一緒に走れば、ちょっとした気分転換になるかと思ったのだが——。

「わおん……わふっ！　はっ、はあ——っ……はっ……！」

なぜか首輪に繋がれた綱《つな》を持たされている。

誰かと走るときはこれが必要なのだと言われた。ケルベロスの伝統なのだろうか？　希少種族の文化はわかりづらいところがある。

はあはあ言いながらも、チェルベの目は輝いている。

（これで少し……気分が変わってくれるといいのだけど）

少なくとも、今日、チェルベの両肩がケンカすることはなかった。簡単な走り込みでも、プレッシャーのかからない運動がチェルベにとって良かったのだろう。

まあ、今後も定期的に走るくらいならいいだろう。

「あの……チェルベさん」

「わふっ？」

「すみません、この一週間——辛いことをさせてしまって。僕の見立てが間違っていたようなんです。序列付けは、あまり意味がなかったかも……」

「なんだ、そんなことッスか」

チェルベは笑って。

「確かにちょっと辛かったし、納得もいかなかったけど……今はこうしてグレンくんと走れてるから、気にすることないッス！　オルもエリュもこうして喜んでくれているッスよ！」

わおん、わふん！

グレンにされたことも忘れたかのように二匹が鳴く。事実、覚えてはいないのだろう。ケルベロスの両肩は脳をもつとはいえ、長期的な記憶を保存できるわけではない。それは中央頭部の役割なのだ。

「……ありがとうございます」

誤診は、重大な事故につながる可能性がある。

たとえ見習いの身であっても、チェルベを診察した以上、そこには責任が伴《ともな》う。自分の判断を常《つね》に疑うこと、患者を第一に考えること——それをグレンは改めて心に誓《ちか》った。

この失敗を、未来の自分への戒《いまし》めにしようと思った。

「……もう一度走りましょうか、チェルベさん」

「わふん！　グレンくん、ありがとうっス！」

四足で駆けるチェルベの速度についていくのは大変なのだが——チェルベにしてみればこれはまだ序の口なのだろう。

グレンはもう一度走ろうとして――。

「ッあ……!?」

ぐらりと視界が揺れた。

慣れない運動で、足がもつれてしまったのだ。生来の運動音痴《おんち》もあって、グレンは顔から転んでしまう。

「あ痛ッ！」

「グレンくん!?」

ずべっ、と無様《ぶざま》に転ぶさまを見たのは、幸いにチェルベだけだった。サーフェに見られていたらきっと落ち込んでしまうだろうグレンだ。

「だ、大丈夫ッスか？」

チェルベの助けを借りて、グレンはどうにか立ち上がる。チェルベがその顔を寄せてきた。

「あー……顔、すりむいちゃってるッスね……！」

「あ、だ、大丈夫です、これくらい」

吐息《といき》がかかりそうな近さ。しかも相手は、野生的な魅力あふれる美人の先輩である。

近しい女性を妹かサーフェくらいしか知らないグレンは、当然、動揺する。

グレンの頬《ほお》にはできたばかりの擦《す》り傷がある。グレンが思わず拭《ぬぐ》うと、わずかに手に血が付いた。

「だめッス！　擦り傷も化膿《かのう》したら危ないんっスよ！　グレンくん、医学部だし知ってるはずッスよね！」

「そ、それはまぁ」

「れろっ」

チェルベが。

いきなり、グレンの頬をべろりと舐《な》めた。

「～～～～～～ッ!?」

「あ、動かないでくださいッス！　すぐ消毒するんで」

「え、あっ……！」

「んべろぉ……！」

チェルベの舌が、グレンの顔を這う。逃げられないように、チェルベの両腕がグレンの顔を掴んだ。犬のような肉球《にくきゅう》のある独特の手が、しっかりとグレンの顔の位置を固定してしまう。

「べろ……れろ、んっ……んー、れろれろ」

「あ、も、もう大丈夫ですから！」

慌ててグレンは離れようとする。

チェルベの顔舐めは激しいものがあった。このままではグレンの傷だけでなく、顔全体が唾《だ》液《えき》にまみれてしまう気がする。

「ダメッス！　まだ足りないッス！　もっと舐めないと……ん、れろっ、べろえろ……！」

「うっ、わ、あ……」

犬は舐めることで親愛を示すという。

この執拗《しつよう》な舐め方は傷の消毒のみならず、気分転換に連れてきてくれたグレンへの感謝の意味もあるのかもしれない――それでも少し過剰《かじょう》だと思うグレンだが。

グレンは強靭《きょうじん》なケルベロス族の膂力《りょりょく》には逆らえず、そのまま舐めつくされてしまう。頬でなく鼻、口、あるいは眼球まで――。

「んっ……れろ、えろっ！　ちゅっ、んちゅ……！」

「うっ、～～～～～～ッ！」

グレンは声が出ない。

誰か助けてほしい、と思ったグレンだが、放課後の今の時間は、特に運動場を使う生徒もいない――というか、あえて他の生徒がいない時間帯のほうが、好都合だろうと判断したのはグレン自身である。

「んっ、れろ、んんん～～～れろえろれろべろ………！」

「くっ、う～～～～～ッ！」

チェルベの顔舐めは止まらない。

どうにかしてほしいと思ったグレンは、辺《あた》りを見渡して――。

視界の隅に白い鱗《うろこ》があることに、気づいた。

「心配して見に来てみたら――」

サーフェの姿が、そこにあった。

ただし、その目は冷たい――再会してからのぎこちなさなど比べ物にならないほどに、厳しい視線だ。

「一体なにをしているの、グレン？」

転んだだけ、と言いたいグレンなのであったが、チェルベに顔を舐め回されている状態ではそれもかなわない。

「とりあえず、離れなさいっ」

「わ、わふっ!?」

サーフェがチェルベを引きはがす。

チェルベはグレンを舐めるのに夢中になっていたようで、サーフェの尻尾に巻きつかれてようやく我に返ったようだ。本能に支配されるのは、魔族にはよくあることだが――。

「さ、説明してもらいますよ――グレン？」

にっこり――と、今まで見せたことのないような良い笑顔で、サーフェが告げる。

「いや、ただ、転んだだけだから……」

チェルベの涎まみれになって、そう弁明するグレンであるが――それで何故この状態であるのか、サーフェにきちんと説明できる気はしなかった。

チェルベを診たのはあくまで診察の真似事《まねごと》であるが――その真似事ですらこんなに大変だとは思わなかった。

医者を目指す道の途方もなさを、改めて理解したグレンなのであった。


「痛い……」

グレンは呻《うめ》く。

理由は単純、筋肉痛である。普段は机にかじりついて勉強しているグレンが、運動部のエースと共に走り込みをすれば、身体が悲鳴をあげるに決まっていた。

「はいはい、グレンくん、存分《ぞんぶん》に体を癒《い》やしてくだサイね」

「ありがとうございます……ライム先輩」

「お安い御用デス♪」

グレンは――サーフェの研究室で、ソファに体を沈みこませていた。その上半身は裸《はだか》で、なにも身に着けていない。

正確にはソファではなく――ライムがその肉体を変化させて作ったクッションである。一見すると単なる球状のスライムなのであるが、グレンがうつぶせに倒れると、彼の身体を適度な反発力でもって支えている。

「あー……気持ちいいです」

「ふふふ、人をダメにするスライムですスノデ！　ヤミツキになっちゃっても知らないデスよー？」

スライムの驚くべきは、その肉体の可塑性《かそせい》であるが――。

同時に、体組織の密度も変えられるのがスライムの特異な点である。体内の塩分を変化させ、浸透圧によって体組織の密度の高い部分、低い部分を意図的に形成することができる。これによって、倒れこむだけでふわふわ、一切の力を抜いても体を優しく受け止めてくれるライムのクッションが完成するのである。

「チェルベさんのその後はどうですか？」

「冷たッ！」

サーフェの用意した湿布《しっぷ》が、グレンの背中に張られる。

あれからも、グレンはいくつかの運動をチェルベと一緒にこなした。そのせいで全身が筋肉痛である。

サーフェはやや乱暴に、グレンに湿布を貼《は》っていく。

「さ、サーフェ、もっと優しく」

「贅沢《ぜいたく》言わないの――それで、チェルベさんは？」

「あ、うん……えっと、運動の成績は以前の状態に戻ったみたい。チェルベさんも自信を取り戻したし、そのおかげかな、両肩の犬もケンカしてるって話は全然聞かないね」

「グレンの診察が正解だったのね――顔を舐められる必要性はわからないけど？」

「それは説明したでしょ……」

サーフェは虫の居所《いどころ》が悪いらしい。

というか、チェルベに顔を舐められるのはダメで、半裸《はんら》で、ライムに全身を沈み込ませるのはいいのだろうか。サーフェの怒る基準がわからない。

ライムクッションは、ひんやりとした感触があり、ほのかに柑橘系の香りがする。リラックス効果が尋常《じんじょう》ではない。

「こんなに全身筋肉痛になるまで走るのもどうかと思うけど？」

「必要だったから……」

グレンはまた呻く。

多少の無理は承知《しょうち》の上だ。グレンはまだ医者ではないのだから――だから診察も正確ではないし、治療において不器用なこともあるだろう。

（それでも……）

それでもグレンは、やり遂《と》げたいことがあったのだ。いつか医者になるためには、ここでチェルベを見捨ててはならないと思った。

それだけのことだ。

「はあ、もう」

サーフェは、研究室のいくつかの植木からハーブを摘み取り。

「湿布は一通り貼ったから、しばらく大人しくしていなさい、グレン。勉強も禁止よ、いい？」

「はい、せんぱ……いや、サーフェ」

「よろしい」

先輩と呼ばれるのを嫌がるくせに。

先輩風を思う存分吹かせて、サーフェが笑うのであった。

姉がいたらきっとこんな感じなのかなと思う。グレンの兄は性悪であるが、こちらの姉は本当の肉親よりも親身であった。再会してもその優しさが変わっていないことが、グレンはなにより嬉《うれ》しい。

「そういえばグレン、研究室はどうするか決めましたか？　クトゥリフ様から言われてたでしょう？」

「あ、うん……でもまだ、考え中で」

チェルベのことで頭が一杯であった。研究室所属の問題はまだそのままなのだが、妙案は特にない。

「もし、よければ」

サーフェはおずおずと。

「グレンが嫌でなければ、私と一緒に、ここで薬学の研究をする、というのも――」

「おっ邪魔するッスよ――ッ！」

そこへ、研究室の扉が開く。

入ってきたのはチェルベであった。大きな声で、サーフェの言葉が遮《さえぎ》られてしまう。話が途中であったサーフェは少しびくりとして。

「ちぇ、チェルベさん！　どうしたんですか!?」

「へへへ、ご主人様……じゃなかったっす！　グレンくんにブラッシングしてもらおうかと思ったッス！」

なぜか変な呼び方をされている――が、それはひとまず置いておいて。

チェルベが元気そうなのはグレンにとってても嬉しいことなのだが、なぜか治療後、グレンはやたらと懐かれてしまっている。

今日も片手にブラシを持っていた。ブラッシングくらい自分でできると思うのだが――。

「見ての通りグレンは満身創痍《まんしんそうい》です。お引き取りください」

「えッ！　グレンくん、病気っスか！」

「あなたと走って筋肉痛になってるのよ！」

サーフェが声を荒らげる。しかしチェルベはえへへ、と照れたように笑うだけだった。そこは笑うところなのだろうか、とグレンは思う。

「いいよ、やります。少しだけなら」

名残惜《なごりお》しいが、ライムのソファから離れて、グレンはチュニックを着る。

チェルベはグレンの足元にやってきて、そのまま四つん這いになった。彼女がわざわざ用意してきたブラシを受け取って、グレンは彼女の髪にブラシを当てていく。

「んっ、わふっ、んんっ！」

髪をブラッシングすると、チェルベが艶《なま》めかしい声をあげた。

グレンはそのまま、彼女をブラッシングしていく。ケルベロスの体毛は硬《かた》く、すぐ絡《から》まったり、毛玉ができたり、埃《ほこり》がついたりしてしまう。

ケルベロスにとってもブラッシングは重要であり、本来は親しい者同士で行うコミュニケーションであるのだが――チェルベは今までそれを頼める相手がいなかったのだろう。

少しだけ親近感の湧《わ》くグレンだ。

「あっ、ん、ひゃ、うううんっ！　ぐ、グレンくん、じょーず……ッス」

「はい。動かないでくださいね」

「わ、わふんっ！」

気持ちいいのだろう。

声をあげながら、チェルベが舌を出す。ケルベロスに限らず、犬系の獣人は舌を出して体温調節をすることがある。

「んっ、ひゃ、あふ、わふっっ！」

「はい、次は両肩ですね」

「んひゃおおっ！」

びくびく、とチェルベの肩が跳《は》ねた。

グレンは、チェルベの両肩の犬にもブラシを当てていく。こちらも本体と同じく弛緩《しかん》した表情で、グレンのブラシに身をゆだねていた。

「んんっ、ひゃ、うう、わふ……んんっ！」

涎まで垂らしそうなチェルベだが、グレンは彼女の毛並みをいかに美しく整えるかに腐心《ふしん》しており、そこまで気が回っていない。

「サーフェ、サーフェ」

人型に戻ったライムが、サーフェに耳打ちをする。

「グレンくん、やたら手馴《てな》れてないです？　チェルベちゃんも異様に気持ちよさそうですし……なんなんデス、あのテクニシャンぶり」

「さあ……グレンもそんなにやったことがあるわけじゃないはずなんだけど」

「まさか……生まれ持った才能、デス？」

「魔族を癒やすことに関してはもう、文句なしの天才少年ね……」

先輩二人が驚愕《きょうがく》半分、呆《あき》れ半分で見ていることなど知らず。

グレンはひたすらにチェルベのブラッシングを行っていた。体毛の生える向きにそって、優しく、それでいて力強く。

「んんっ！　ひゃ、あうっ！　んんひゃっ！」

「あー……チェルベさん、そろそろいいかしら？」

サーフェが尻尾をぴしりと、床に打ちつけながら。

「グレンの好意にいつまでも甘えてはいけませんよ？　あなたのお悩みは解決したでしょう。そう何度も、来る必要もないのではないですか？」

「んふっ、んわおんっ……！　は、はあっ、え、なんすか？」

「ですから、たかがブラッシングでグレンを……」

「で、でも……だって、外に、いつでも相談に乗ります……って？　新しいことを始めたんじゃないっスか？」

「──はい？」

サーフェが、何を言ってるのかわからないとばかりに首を傾げる。グレンも彼女の言っていることがわからなかった。

チェルベはブラッシングを中断して、研究室の外に戻り、なにかを取ってくる。

それは、ここがサーフェの薬学研究室であることを示す下げ札《ふだ》であった。ただし、書き直された跡がある。

新たに書いてあったのは――。

『――身体のお悩み、いつでもなんでも、ご相談に乗ります。医学部サーフェ・ライム・グレン研究室』

「……なに、これ？」

サーフェが目を点にする。

グレンも初めて見た。そもそも今日研究室に入ってきたときは、下げ札は『サーフェの薬学研究室』であったはずだ。何故文言《もんごん》が変わっているのか。

つまり、これを用意したのは、グレンの後に研究室にやってきた人物しかありえない。それは――。

「ライム！」

サーフェが、緑色のスライムの名を呼んだ。

ライムはクッションから、人型に戻りながら――。

「えっへへっへー！」

頭を掻《か》いて笑うのであった。

グレンは期せずして、自分がサーフェの研究室に所属してしまったことに、ただただ唖然とするのであった。

研修2　関節症のドール

――時は現在に戻る。

「まったく……あの時は驚いたわ。ライムがいきなり研究室の看板《かんばん》を掛け変えてしまうんだもの……」

「えへへ、ごめんなさいデス！」

「謝ってすむことじゃ……いや、まあ、もういいわ」

サーフェがため息を吐きながら。

「それで……グレンと私、ライムの三人で、研究室を始めたのよね」

「楽しかったデスねえ」

ライムがテーブルに肘《ひじ》をついてにこりと笑う。

サーフェは――ライムのようには笑えない。なにしろグレンは、その事実をすっかり忘れてしまっている。その理由もまたライムはよくわかっているはずなのだが。

彼女は何事もなかったかのように笑う。

もし自分がライムの立場だったら——きっと平静ではいられないだろう。

「なんであんなことをしたんですか？」

「え……だっテ、グレンくんは教室でも浮いてましたシ……みんなと仲良くなれるきっかけになればと思ったんデス……」

「……そう」

サーフェとしては。

チェルベの騒動《そうどう》が収まったところで、グレンを自分の研究室に誘うつもりだった。だが、それは単に、グレンに居場所を与えるだけのことに過ぎなかったのではないか。

ライムがやったことは、サーフェの考えと似てはいても、もう少し先を見ていた。研究室への参加を足がかりに、教室やアカデミーにグレンが馴染《なじ》めるように、と考えていたのだ。

そして、実際——。

「医学部学生ではあるけど、身体《からだ》の悩みを聞きます……というのは評判になりましたね」

「エへへ！　噂《うわさ》を流した甲斐《かい》がありましター！」

「それも貴女《あなた》の仕業《しわざ》だったのね」

サーフェは呆《あき》れてしまう。

研究室が一気に話題になり、来客も増えた。グレンは医学部の天才学生として、研究室で見習い医者のような活動を始めた。

もちろん、あくまでも学生の活動ではあった。

深刻な症状が疑われる場合はすぐにクトゥリフに頼るし、簡単な治療についても患者の自己責任で治療を受けるように伝えてあった。しかしそれでも、ちょっとした悩みで研究室を訪れるものは後を絶たず。

「……グレンのことは、評判になりましたね」

「まあ、魔族ばかりの学校で、唯一《ゆいいつ》の人間の学生デスからネ」

再び彼女たちは思い返す。

「あの方が来たのは……丁度《ちょうど》、その頃でしたか……」

サーフェの記憶。

今でもはっきり覚えている――その患者は、無機質な足音を立ててやってくるのであった。


学生グレンは、その顔に疲労の色をにじませていた。

「まさかクトゥリフ先生が認めるなんて……」

「私が直々《じきじき》にお願いした甲斐があったってもんデスね！」

「はあ……」

グレンの肩をマッサージするのは、ほかならぬライムである。彼女のぷにぷにとした腕でマッサージなどできるのか――とグレンは思ってしまったが、意外や意外、弾力のある両手でのマッサージはかなり効《き》く。

研究室変更の届けは、あっさりとクトゥリフによって受理された。ついでに学生の身でありながら、一部の医療行為を認める文書までもらってしまった。

クトゥリフの責任の下《もと》、グレンもある程度の診察が可能になった証明である。

「お客サーン、凝《こ》ってマスねー」

「誰のせいだと思っているのよ」

サーフェはジト目で、マッサージをするライムを睨《にら》みつける。

「えへへ、すみませンー」

「研究室には少なくとも一日に一人は患者が来るわ。多い時は複数……ほとんどはちょっとした怪我《けが》とか、腰が痛い、肩が凝る、尻尾《しっぽ》が固まる、羽が痛い、などなど。ですが——グレンは授業を受け、課題などもこなさなくてはいけない身。そのうえ、研究室の課外活動だなんて……いくらなんでもグレンの負担が……」

「サーフェちゃん、小姑《こじゅうと》デス？」

「歳《とし》はたいして変わらないわよ！」

ライムがからかい、サーフェが怒る。

サーフェが心配してくれているのも道理だった。ただでさえ学ぶことが多すぎる医学部において、見習い医者のようなことを始めたグレンだ。疲れ気味なのも当然と言えた。

評判がいいのは嬉《うれ》しい。

頼ってもらえるのも嬉しい。

けれど、学生に過ぎないグレンにできることは限られる。サーフェやライムもサポートをしてくれるが――それにも限界があるのだった。

「まあ、滞《とどこお》りがちな勉強は、このライム先輩がきっちり見てあげマスよ。任せてくだサイ！」

「ライム先輩、先月の小テスト赤点だったような」

「うぐっ」

グレンに痛いところを突かれ、ライムが体を反らせる。人間では無理な角度まで上体《じょうたい》が反ったかと思えば――ぐねりと胴を捩《ね》じって、ライムが頭をこちらに向けた。

「じゃあ、サーフェお姉ちゃんに教えてもらいマショ」

「貴女にお姉ちゃんと呼ばれる筋合いは――あら」

コンコン――と、丁寧《ていねい》なノックが、研究室に響くのだった。

「失礼いたします」

涼《すず》やかな声だった。

硬《かた》い足音を立てて、研究室に入ってくる姿がある。かつ、かつ、という規則正しい足音がグレンの耳にも届いた。

「魔族を診察する共同研究室とは、即《すなわ》ち――こちらでよろしいでしょうか」

「えっと、貴女は？」

入ってきたのは、ロングヘアの女性だった。

メイド服を着ていることから、学生ではないことはわかる。学生、あるいは教授陣の使用人だろうか。皆無《かいむ》ではないが、学内でそうした使用人を見かけることは多くない。

そして——グレンは気づく。

彼女の露出《ろしゅつ》している肘関節の部分に——人間ではありえない溝があることに。肘を一周するようなその溝は、球体関節人形に見られるものだった。

つまり、彼女は——。

「申し遅れました」

来客は一度頭を下げて。

「わたくしは魔術学部長ドラコニア様の秘書を仰《おお》せつかっております。名前を——ベルメールと申します。どうぞお見知りおきを」

「ま、魔術学部……」

グレンは唖然《あぜん》とする。

そんなところにまでこの研究室のことが知れ渡っているとは思わなかった。

ベルメールは改めて深く一礼をする——瞬《まばた》き一つしない瞳《ひとみ》で、ベルメールはグレンのことをじっと見つめるのであった。

ベルメールは椅子《いす》に座ると、グレンと向かい合った。

「は、初めまして。グレンです」

「はい。お若いのに将来有望と伺《うかが》っております」

グレンは緊張しながら問いかける。

目の前のメイド——ベルメールは、明らかに異質な存在であった。

肘に見えるのは球体関節。いくつかのパーツで構成された人体を、内部に通した糸で吊《つ》り上げて動く人形とするものだ。魔術——というものにグレンは明るくないが、やはり魔術的な手段でもって、本来は人の手で動く人形が自律的に駆動《くどう》しているのだろう。

頭部には、ミシンのボビンを模《も》したアクセサリーがある——いや、装飾ではない。実際にそのボビンには細い糸が巻きつけられており、糸の一部がベルメールの手首に繋《つな》がっていた。それだけでは、どういう機能があるかわからないが——。

とにかく、怜悧《れいり》な美貌《びぼう》を有する女性だった。

それは自然ならざる人工の美である。彼女の肉体を作ったものは、よほど腕のいい人形職人なのだろうと思われた。

ガラス玉のような透き通った眼球——実際にガラスで作られているのだろう——で、ベルメールはグレンをじっと見る。

「ベルメールさん、一つ聞いてもよろしいですか？」

「もちろんでございます、サーフェンティット様」

「魔術学部は他学部と交流がないと聞いていますが……どうしてこの研究室のことを？」

「はい、わたくしは外界との雑事を行うために製造されました。そのため、この研究室のことも噂で知る機会がございました」

「外界……」

　奇妙な言い方にグレンは首を傾《かし》げる。

　ベルメールもまた頷《うなず》いて。

「はい。本来、神秘、秘術の探求は、他学部の方法論とは一線を画《かく》します。学部長ドラコニア様は、ネメア・アカデミー設立時からその主張を曲げず、生徒たちにも他学部との交流、関与を控《ひか》えるように命じておられます。医学部長クトゥリフ様曰《いわ》く——ひきこもり根暗《ねくら》学部、だそうで」

　しれっとそんなことを言い放つ。

「うちの師匠《ししょう》がすみません……」

「？　なぜ謝るのですか。事実を端的《たんてき》にわかりやすく述べた、素晴らしい表現です」

　本気で謝罪の理由がわからないらしく、首を傾げた。

　一見すると可愛《かわい》らしいのだが、傾げる首の角度があまりにも過剰《かじょう》だ。人間や魔族であれば頸《けい》椎骨折《ついこっせつ》を疑うが、ベルメールは平然としている。

一見すればただの女性――しかしよく観察すればそうではないとわかる。だまし絵のような外見であった。

「しかし、学部の方針とはいえ、魔術学部はアカデミーの一部。全《すべ》ての生徒が、まったく外界と関《かか》わりなく生活を送ることは不可能です。ゆえに、我がマスター、即ち――ドラコニア様は必要最低限の雑事を任せるために、わたくしを製造なさいました」

「な、なるほど……それで、この研究室のことも知ったのですね」

グレンの言葉に、ベルメールはまた頷く。

「わたくしの主な役割は買い出し、学部の書類仕事、学長や他学部長との交渉《こうしょう》役など多岐《たき》にわたります。ですが医学部の棟には用事はございませんので、皆さまの記憶にないのも、即ち当然かと」

「は、はあ」

「わたくしは以前よりある悩みを患《わずら》っておりました。しかしこの研究室の話をたまたま耳にするまで、適切な解決手段を発見することができなかったのです。ですが噂を耳にした時、グレン様が即ち――最適解であるとの判断を得ました」

「あ、ありがとうございます……」

簡単に言うならば、噂を耳にしたからやってきた、ということなのだろう。

グレンはちらりとライムを見る。彼女は無言であったが、『どーデスか！　私の噂拡散能力は！　褒《ほ》めていいいんデスよ！』とばかりにウインクをして、舌《した》を出していた。すこぶる得意げである。

「それで、お悩みとは？」

「はい——関節が、痛むのです」

ベルメールは腕を持ち上げる。

関節とはつまり——彼女の肘にあるパーツの合わせ目のことだろうか。

「どうか——診《み》てはいただけませんか？　グレン様」

ベルメールの申し出に、グレンは唸《うな》ってしまった。

もともと生徒の悩みを聞くというこの研究室は、ライムが勝手に始めたことである。グレンは強く拒否すれば、いつでもやめることができただろう。もっと負担の少ない研究室に所属することも可能だったはずだ。

だが、グレンはそれをしない。

もちろんサーフェと同じ研究室が気楽である、というのはある。ライムもなんだかんだで面《めん》倒《どう》を見てくれる良き先輩だ。居場所があるのはとても楽だ。

しかし、それ以上に。

グレンが喜んでいるのは、実地で魔族の身体を診察できることにあった。教科書だけではなかなか触れる機会の少ない魔族を、悩み相談の名目で見れるのだ。

希少《きしょう》なケルベロス族をはじめとして、グレンは既《すで》に何人もの魔族を診察している。それは将来医者になるグレンとしても貴重な経験だし、この経験を生かして更《さら》に良い成績を収められることだろう。それはグレンにとって得難《えがた》い経験だ。

だが――目の前のドールは、違う。自然発生した生物ではない。人工物である。そんな存在をグレンが診察することができるだろうか。

これは、貴重な経験をするチャンスなのだろうか。それとも、思わぬ難題の登場なのだろうか。生きている魔族に関しては勉強していても、魔術人形の疾患《しっかん》など――。

「すみません、ちょっとよろしいですか」

「なんなりと、サーフェンティット様」

「ベルメールさんは、魔術学部長――つまり、ドラコニア様の魔術で作られた人形なのですよね？　でしたら我々ではなく、ドラコニア様に診ていただくべきなのでは？　関節痛……と仰《おっしゃ》いましたが、貴女の不調は、むしろ貴女の主《あるじ》のほうが……」

「いいえ、マスターはどこも悪くないと仰いました」

ベルメールは、自分の腕を持ち上げる。

すると、彼女の頭部に装着されたボビンが同時に回転して、腕に繋がる糸を巻き取った。

なるほど、頭部から各部に繋がれた糸は、彼女の行動を補助するものなのだ——筋肉のない人形ゆえ、糸によって重力に逆らう動きを可能にしている。

「マスターは、ご自分の魔術に絶対の自信をもっておられます。それは傲慢《ごうまん》なわけではなく、確かな実績、探求の結果です。そのマスターが、わたくしの訴《うった》えを聞き入れ、各部をくまなくメンテナンスしてくださいました。そしてその結果——私に不調は存在しない、とのことです」

グレンは唸った。

魔術学部長ドラコニア。会ったことはないが、その存在はグレンも耳にしたことがある。古代から連綿《れんめん》と続く伝統魔術の権威であり、新時代にもその技術が必要として、ネメア・アカデミーに招聘《しょうへい》されたとか——。

ただ、グレンにとって問題なのは、そうした来歴ではない。曰く、グレンの師であるクトゥリフと、魔術学部長ドラコニアは——。

「わたくしは、クトゥリフ様を頼ろうかと愚考《ぐこう》いたしました」

「そう……ですね。本来ならば……なにか疾患があった場合、クトゥリフ先生なら、きっとよい知見を……」

「しかし、我がマスター、ドラコニア様と、医学部長クトゥリフ様は犬猿《けんえん》の仲。いいえ——この場合は鰐《わに》と蛸《たこ》の仲、というべきでしょうか。とにかく双方、良い感情を持っておられないようです」

「その通りですね……」

グレンは頷き、頭を抱えた。

誰にでも理解ができ、かつ再現可能な学問――科学。

可能な限り隠匿《いんとく》し、才あるものにしか再現できない特殊技術――魔術。

両者はその発生、発展、考え方から教え方に至《いた》るまで、なにもかもが違う。クトゥリフは魔術を、科学と呼べるような体系ではないとして一蹴《いっしゅう》していた。ドラコニア側の考えを聞いたことはないのだが、おそらくクトゥリフとは相容《あいい》れないのだろう。

学部長同士の不仲は、つとに有名だった。

「もしクトゥリフ様に診断していただくとして……しかしそれをマスターに知られると、マスターは大変お怒りになることでしょう。即ち――ワシのカワイイ人形になにをするかこのタコ女……と。それはわたくしとしても、望むところではございません」

「は、はあ」

「カワイイ人形、でございます」

自分に都合のいい部分を、しれっと繰り返すベルメールだった。

グレンはだんだんわかってきた。このベルメールという女性――魔術で作られた人形であっても、決して自我が薄いわけではない。確固たる自分の考えを持ち、その上でドラコニアの意向に従おうとしている。

つまり――。

「クトゥリフ先生は頼れない……それで、僕のところに？」

「はい」

「なるほど……」

グレンには魔術は判《わか》らない。専門が大きく違う。

基礎的な理論から違うのだろう。グレンの学んでいる生物学、病理学、疫学《えきがく》などなどは、おそらくベルメールには通用しない。

しかし――。

「グレン、どうするの？」

サーフェもまた心配そうだ。

グレンは少しだけ悩んだが――答えはすぐに出た。

「わかりました。僕でよければ、診察させてください」

「グレンくん、大丈夫デス？」

ツインテールをひょこひょこさせつつ、ライムが首を傾げる。

生物か否《いな》かという問題はあるにせよ――既存《きぞん》の生物学の常識で測《はか》れないという点は、人形もスライムも似たようなものだった。ならばきっと、ベルメールに対しても自分が役に立てることはきっとある、と思った。

「まだ学生の身なので、絶対になんとかする、とは言えませんが」

「もちろん、それで結構でございます。ありがとうございます、グレン様」

ベルメールは頭を下げる。

よく聞くと、彼女が動くたびに、頭部のボビンが少しだけ回転している。それに合わせて糸を巻き取るような、きゅるきゅるという音がした。

「……ベルメールさん。この研究室の診察で、もし私どもの手に負えないとなれば、すぐにクトゥリフ様を頼るということになっています。それでも大丈夫ですか？」

「構いません。その時はわたくしがドラコニア様を説得いたします」

ベルメールはそう告げる。

「それでは……」

グレンは椅子から立ち上がる。

「早速《さっそく》ですが——分解させてください、ベルメールさん」

「かしこまりました、グレン様」

横で聞いているものがいたら、ぎょっとするような言葉であるが——。

ベルメールは当然とばかりに、グレンの言葉に頷くのであった。

研究室にある仮眠用のベッドで、ベルメールは横になった。

すでにメイド服は脱いでいるが、全裸《ぜんら》となったベルメールは特に羞恥《しゅうち》する様子もない。その全身はあくまで陶器でできた人形である。白く滑らかな肉体は形状こそ人間のそれであるが、人間なら体表面にあるべき器官は一切存在しない。つまり体毛や乳首、へそ、性器といった器官は見えず――つるりとしたボディであった。

本来、その工芸品ぶりに美しさこそ感じても、エロティシズムなど感じようがない――のだが、グレンはむしろ、人間を極限まで象《かたど》ったような生々《なまなま》しさと、逆に徹底して陶器でしかない白い肌《はだ》との落差に、言いようのない倒錯《とうさく》を感じていた。

全身にある溝――パーツの継ぎ目、肘や膝《ひざ》にあたる球体関節などが、そんな人形への倒錯感をいっそう助長する。

古い神話に、自分で作った女性の石像に、恋をしてしまう男の話がある――その男の気持ちが理解できるような気がしてしまうほど、ベルメールの裸体《らたい》は不思議な魅力に満ちていた。

「失礼いたします――では」

そうベルメールが告げると。

きゅるきゅると、頭の両側に取り付けられたボビンが回転する。それと同時に。

ばらばら。

ベルメールの全身が緩《ゆる》んでいく。手、前腕《ぜんわん》、肘の球体、上腕《じょうわん》――パーツごとに体が徐々《じょじょ》にほどけ、その合間に通されている糸が見えた。

太い糸だ。表面はきらきらと光る粒子《りゅうし》がまぶされているようにも見える。

「おっトト」

関節が緩んでいるのは下肢《かし》も同様だった。

ベッドから落ちそうになったベルメールの脚《あし》を、慌《あわ》ててライムが受け止める。下肢も足、下《か》腿《たい》部、膝、太ももと各パーツに分かれていく。

「グレン様、お願いが」

「は、はい？」

「頭部を支えていただけますか？」

「？　わ、わかりました」

ベルメールに言われるままに、グレンは彼女の頭部をもつ。それなりの重量ではあったが、中身は中空なのだろう。脳と感覚器官が詰まっている人間の頭部とはまったく重さが違う。

その重量は陶器と、頭についているボビン型器官の重さだと思われた。

そのボビンが、きゅるきゅると回転する。

「失礼」

ぼろり、と。

ベルメールの胴部が緩み、腰部、腹部、胸部の三つに分かれた。

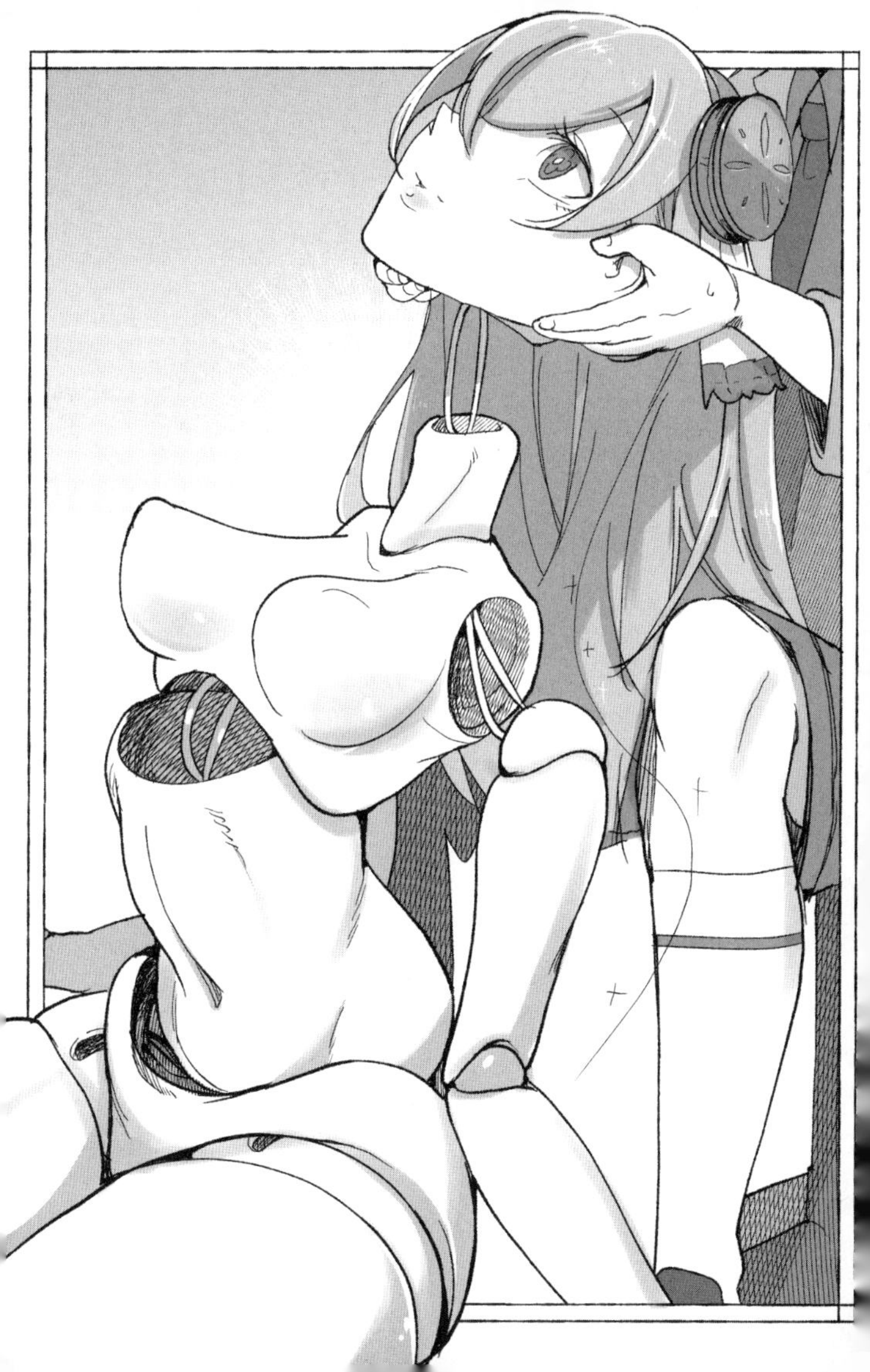

「うわぁッ!?」

頭部と胸部も、きらきら光る糸だけを残し二つに分かれてしまった。ベルメールの頭部だけが、グレンの手に残る形になる。

「各部の接続を外しました」

ベルメールの生首《なまくび》が喋《しゃべ》る。

肉体が分かれても、特に問題ないとばかりに平然としていた。

「び、びっくりしました」

「落とさないでくださいまし。わたくしの身体は基本的に陶器でできております。割れてしまうと粘土《ねんど》から成型《せいけい》、焼成《しょうせい》せねばなりません」

頭部だけのベルメールが話す。

彼女の頭部からはまるで神経節のように糸が伸びており、それが体の各パーツを通って繋がっている。この構造はまさしく球体関節人形と同じだ。

サーフェが持ってきたクッションに、グレンはベルメールの頭部を置く。

「ありがとうございます。それでは――診察を。グレン様」

「は、はい……」

慣れろ、慣れろ、とグレンは自分に言い聞かせる。

希少種族デュラハンなどといった、頭と胴が分かれる魔族は存在する。そうした種族だと考えればなんでもない。

　グレンは手や足に通された糸を外していく。ベルメールの各パーツには鉤型《かぎがた》の金属が内蔵されており、そこに糸をひっかけてパーツを固定していた。糸の通し方や、各パーツへの接続方法には複雑なルールがあるようだが、ベルメールの指示があったので分解は難しくはなかった。

　やがて。

　ベルメールの各部が、ベッドの上に整然と並べられた。

「拝見《はいけん》しますね」

　グレンは、各パーツを手に取っていく。

　球体関節人形の、作り自体はごくごく単純なものだ。内部が空洞になっており、そこに糸を通す。頭部から吊《つ》られた糸で全身を支え、強度を維持《いじ》しつつ可動できる。

　しかし粘土で作った人型の造形はおそろしく精巧《せいこう》であり、それがおのずとベルメールを作った人形師が一流であることを示していた。

「……繊細《せんさい》なつくり、ですね」

「はい。ネメアーの人形師に、マスターが依頼したそうです」

「あ、ドラコニア様が作ったのではないんですね」

「はい。人形師は人形を作り、マスターはその人形に、動くための魔法をかけました。それが人格をもつモテカワ人形。即ち——わたくし、ベルメールという存在となります」

「もてかわ……」

喋る首と、全身のバラバラなパーツが並んでいる現状が、はたしてどれだけモテカワであろうか、という疑問はあれど。

「マスターの魔術は、即ち──糸。私の頭部に収納され、全身を内側から支えている糸に集約されております。これが人間で言う神経の役割を果たします。全身の保持、可動を行いつつ、情報の記録、伝達もいたします。即ち──わたくしをわたくしたらしめるのです」

「なるほど──糸によって、ベルメールさんは動いているのですね」

グレンは納得した。

体の各部を見てみても、それはただの粘土で作られた人形のパーツに過ぎないのだ。当然ながら骨も筋肉も神経もない。

しかし、痛いというからにはどこかに異常があるのだろう。

痛みは身体の異常を当人に伝える、生物としての安全機構である。痛みがなければ怪我にも病《やまい》にも気づくことができない。ベルメールが痛むというならば、それはベルメール自身が、異常を感知しているということに他ならない。

グレンは、パーツとパーツが触れ合う位置を念入りに見てみた。足首、膝、肘、手首、肩、太ももの付け根──要するに全身の関節である。

「ふむ……」

しかし。

グレンの見る限り、異常は見受けられなかった。異物が関節に挟《はさ》まっていればすぐにわかるし、陶製のパーツには歪《ゆが》みもヒビもない。痛みがあるという割に、ベルメールの手も、足も、とても美しい。

「うーん……」

診察を続けるグレン。思い悩む彼を、サーフェやライムが心配げに見つめる。

グレンとて、人形の肉体など専門外である。しかし、人間が痛みを感じるならばそこには必ず歪みがある。骨が歪むか、筋肉が固まっているか——そう捉《とら》えれば、人形の身体であっても、痛みがあるところに歪みがあると考えるのが自然だ。

「頭を見ても構いませんか？」

「どうぞ」

ベルメールの許可を得て、グレンは頭部を見る。

頭部こそ、芸術的であった。陶製であるはずなのに唇《くちびる》は柔らかそうに見えるし、目には睫毛《まつげ》も生《は》えている。そこだけは陶製ではなく、ゴムや人毛を用いているのかもしれない。目はやはりガラス製だろうか。瞬きをしない目が、じっと感情を感じさせぬままグレンを見つめてくる。

「っ……」

「グレン様？」

「い、いえ、なんでもないです」

人形とはいえ、女性の顔をじっと見ていることで恥《は》ずかしくなった——とは言えない。顔を赤くして、少し目を逸《そ》らしてしまった。

「むうう……！」「サーフェちゃん、我慢《がまん》デスよ」

姉弟子《でし》二人がそんな会話を交わしているが、それが嫉妬《しっと》によるものであることを、若いグレンは理解していなかった。

「で、では、中も見せてくださいね」

「はい、承知《しょうち》しま——ひゃわわ」

妙に可愛らしい声をあげるベルメール。

グレンは生首をひっくり返し、内部構造も観察した。

基本的には陶製の頭部であり、中は空《から》っぽだ。ガラスの眼球をはめ込むためのくぼみが内側から見えた。そして——金属製のボビンが、頭部の中にも見えた。あのボビンは、内部にも通じており、そこから糸を出しているのだ。

やはり、魔法の糸がベルメールの存在の鍵《かぎ》なのだろう。

「はい、ありがとうございます、戻しますね」

「ひゃわわ——あ、もうよろしいのですね。可愛らしく慌てる演技などしてみたのですが、いかがでしたでしょうか。モテカワですか？」

「え、ええと」

答えに窮《きゅう》し、グレンはついサーフェのほうを見る。

サーフェは『知りません』とばかりに尻尾をふりふりした。この掴《つか》みどころのない女性への接し方がわからない。

「し、診察の結果を話しますね」

「承知しました」

「どこの部位《ぶい》にも、関節となる球体の形状にも歪みはない……糸を通す穴もキレイですね……ベルメールさん、やはり肉体的には何も問題がないようですが……」

「はあ、では――別の原因があると？」

「僕としては、その魔法の糸になんらかの異常があるのではないかと……」

グレンはベルメールの頭部、ボビン型の糸巻きを指す。

このボビンの糸が、魔術学部長ドラコニアの用いた魔術そのものであり、ベルメールの身体を内外から支えて動かしているのだ。

「マスターは魔術的にも問題ないと仰っております。原因は糸ではありません。それは間違いなく言えることでございます」

「そうですか……」

グレンは困ってしまう。

命のない人形とはいえ、グレンの知識を動員することで原因を探り当てることはできる。しかし、専門外である『魔術』が関わってくると、グレンはなにも言えなくなってしまう。あまりにも知識の基礎が違うので、肯定も否定もできないのだ。

「……うーん」

「あの、ベルメールさん」

グレンが言葉に詰まっていると。

助け船を出すかのように、サーフェが声をかけた。

「いったん、宿題にさせてもらっても構いませんか？　ベルメールさんのお体は、魔族の肉体とも大きく違うので……グレンももう少し検証する時間が必要だと思うんです」

「はい。もちろんでございます。こう言っては失礼かもしれませんが——すぐに回答が出るとは思っておりませんでした。わたくしも急ぐわけではございません。今後も通わせていただけたら」

ベルメールの頭部——ボビン型のアクセサリーが回る。

すると、頭部の内側から糸があふれ出してくる。糸はまるで意思を持っているかのように、ベルメールのパーツへと通っていき、自分から人形の身体を再構築していく。

手先、足先まで糸がたどり着くと、今度は糸が引き戻される。それに合わせて、人形の身体が頭部へと集まっていく。魔法の糸さえあれば、ベルメールは自分の身体を手繰《たぐ》り寄せるようにして、元の身体に戻れるようだった。

「……躯体《くたい》、再構築完了でございます。本日はありがとうございました」

「あ、いえ、お役に立てず――」

解決の糸口さえ摑むことができなかった――グレンは申し訳なさでいっぱいになるのだが、もともと無表情のベルメールは特に顔色を変えることはない。

「…………」

「あの、ベルメールさん？」

ベルメールは無言で、服を身に着けない自分の身体を見下ろして。

「……グレン様のお好みの身体ではなかったようです。次回は胸部をもっと増量してまいりましょうか？」

「それは必要のない配慮です！」

サーフェが何故《なぜ》か怒る。

ぴしゃりと、蛇《へび》の尾を床に叩《たた》きつける。

ベルメールの胸はただでさえ豊満なのだが――そもそも何故グレンに対してアピールをする必要があるのか。人形の考えに、グレンはまるで理解が及ばない。

「そうですか。失礼いたしました。それでは――これで」

ベルメールは脱いだメイド服を着こむ。着るのに手間のかかりそうな衣服なのだが、慣れているのかその動作は早かった。あれよあれよという間に、研究室を訪れた時のベルメールの姿になる。

先ほどまでバラバラだった人形とは思えない。

「意義のある時間でございました。結論が出るの楽しみにしております。では、失礼いたします、皆さま」

ベルメールは出て行く。

そのマイペースぶりは最後まで変わらず——彼女が出て行った瞬間に、グレンはついつい、大きなため息を吐いてしまうのだった。

「どういうことなのかな……」

ベルメールが去ってから、グレンは頭を捻《ひね》っていた。

「グレンくん、ここのところ頭が傾いてばかりデスね？」

ぐねん、とライムも真似《まね》して、グレンのように首を傾げてみせる。なまじ他者の真似が得意なスライムであるため、細かい仕草《しぐさ》までよく似ていた。

「ライム、遊んでないで一緒に考えてあげてくださいね」

「考えてるデスよ！　えーとえーと……関節が痛むのは虫食いとカ！」

「陶器の人形に虫は棲《す》まないでしょうし、そもそも診察の時に虫の一匹も出てこなかったでしよう？」

「ううウ……」

ライムが唸る――が、グレンもその線は薄いと考えていた。

「ベルメールさんの神経の役割を果たしているのは、あの魔法の糸――だったらやっぱり、それが原因……うーん、魔術的な問題だと思うんだけどなあ」

チェルベの時は――彼女には申し訳ないが――原因を探るために、色々と試すことができた。

しかしベルメールに、そうした試行錯誤《しこうさくご》は難しい。

グレンは魔術など専門外だし、そのうえ、きっぱりと、原因は魔術ではないと言われてしまっている。下手にいじってベルメールを破壊してしまうのはもっとも避けなければならないことだが、だからといって何も解決策は浮かばない。

「ふふ、グレンくんにもわからないことがあるんデスねぇ」

「それはそうよ、まだ医者ですらないもの」

サーフェはなにやら作業をしている。

部屋の隅《すみ》に布が敷かれ、その上には大量の土。小さなスコップを尻尾で握り、その土をかき混ぜていた。ハーブの植木に利用するものだろう。薬学研究を行うサーフェだが、その作業の半分はハーブの栽培《さいばい》、収穫であり、つまるところ農業にも似ている。

土をかき混ぜるラミアという光景は、少しシュールである。

「だからこうして、一緒に考えているんでしょ」

「あうー、サーフェちゃん、なにか良い案はないデス？」

「……人形には、薬は効かなそうだから」

サーフェは目を逸らした。

薬学に関してはクトゥリフも認めるほどのサーフェであるが——確かに薬が効かなければ、彼女の知識もどうしようもない。

「痛み止めを処方しようにも、そもそも服薬できるのかしら……」

「普通の神経がないから、薬は効かないだろうね」

グレンも頷く。サーフェは困惑《こんわく》を誤魔化《ごまか》すように、尻尾でざくざくざく、と土をかき混ぜる。

おそらくは土と肥料を混合しているのだろう。

「うーん……」

困ると額《ひたい》に触れてしまうのは、グレンの癖《くせ》である。

そこで——ざらりという触感にグレンは気づく。

「——え？」

思わず自分の指を見てみる。

よくよく見れば——グレンの手には、粉のようなものが付着していた。グレンの肌とまったく同じ色であり、最初は気づかなかったのだ。

「なんだこれ……粉末……？」

いつの間にこんなものが——。

指をこすりつけて触ってみるが、粉末の正体はわからない。異臭もなく、危険なものではないようだが——。

「グレンくん、どうしたんデス？」

「ああ、すみません。手に何かついていて……」

なにかおかしなものを触っただろうか。

しかし、今日、この研究室でグレンが触ったものといえば——サーフェの淹《い》れてくれたハーブティーのティーカップ。勉強のための資料。そして、ベルメールの診察をした時に触れた、ベルメールの肉体——。

「……まさか」

これは。

ベルメールの肉体に付着していたもの？

触っている時には気づかなかった。グレンの指の粉末も、それほど多いわけではない。軽く息を吹きかければ消えてしまいそうだ。だが、これを調べればあるいは、ベルメールの疾患の原因がわかるかもしれない。

「ふーん？　ちょっと見てもいいデス？」

「は、はい、どうぞ」

「じぃぃぃ……」

口で擬音《ぎおん》を発しながら、ライムがグレンの指を見る。

くりくりとした目が、珍《めずら》しく真剣にグレンのことを見ていた。そういう様子を見ると——たとえ成績が悪くとも、彼女もまた医療を志《こころざ》す魔族の一人。長いことクトゥリフに師事しているだけのことはあると思える。

「あーむっ」

「————ッ!?」

などと感心した直後——ライムがグレンの指を、はむっと口に入れた。

「なっ、なっ、なあああああッ！」

サーフェが絶叫していた。

グレンもあまりのことに動けない。にゅるりとほのかに冷たいライムの口の中は、彼女の体組織で満たされていた——ずるり、じゅるり、といった独特の感触が指を撫《な》でる。

「ら、ライム！　貴女なんてことを……！　私だってやったことないのに貴女……！」

「お、落ち着いてサーフェ！」

サーフェがわなわなと震えながら、尻尾を持ち上げる。

その尻尾にはいまだにスコップが握られたままだ。なにか惨劇《さんげき》が起きそうな気がして、グレンは慌てて止める。

「んっ」

じゅぽっ、とライムが口を離して。

「んんー……これは、この味は……なんですかネェ。知ってる味なんですケド」

「わ、わかるんですか？」

「んー、まあ、食べたものの味は大体わかるデスよ？」

ライムがしれっと言ってみせる。

スライムは全身消化器官ともいうべき生命体だ。どこからでも獲物《えもの》を取り込んでしまい、体内で消化する。その消化機能もある程度制御《せいぎょ》ができるらしく、今まさにライムの体内で浮かんでいる果実の皮の欠片《かけら》のように——選んだ物質の消化を遅らせることも可能である。

味覚があるとは知らなかったが、食べたものの判別もできるようだ。

「だからといって！　口に入れる必要はないでしょ！　というか貴女の全身、どこに突っ込んでも口みたいなものでしょ！　わざわざそこに入れなくてもいいじゃない！」

「え？　……口以外に挿入したかったんです？　いやん、いくらグレンくんでもそこまでやらしいのは、ちょっと……」

「そんなこと言ってないわよぉぉ————ッ！」

サーフェの怒りが止まらない。スコップをぶんぶん振り回しかねない勢いだった。

グレンは自分の身を守るために慌てて、ライムに問う。

「そ、それより、何の成分かわかったんですか!?」

「え、えーと……あ、そ、そうデス！　あれデス！」

ライムが指したのは、さっきまでサーフェがいじっていたもの——植木に使う、栽培用の土であった。

「……土？」

「はい、そうデスね！　でも普通の土じゃなくて……粘土、そして焦《こ》げたような味」

ぺろ、と舌を出しながら。

「焼いた土、デスね！」


焼いた土。つまり——陶器。

ベルメールの身体には、自分の身体の粉末が付着していた。その事実を知ってから、グレンの行動は早かった。

まずは顕微鏡で、粉末の成分を改めて確認する。この作業はサーフェがやってくれた。顕微鏡はまだまだ貴重ではあるが、最先端の教育機関を謳《うた》うネメア・アカデミーには、生徒が使える顕微鏡も用意されている。

「間違いないわ。顕微鏡で見たところ、土の中に石英《せきえい》が多く混じっていた。焼くことでガラス状になって、金属のように固まるのね。ビスクドールでよく使われる土だと思う」

「あ、ありがとう……」

グレンはサーフェの知識量に驚きつつも。

やはり確信した。グレンの手に付着していたのは、ベルメールの肉体が粉末状になったものだ。念のため、研究室でベルメールを分解した場所を調べてみたところ、同じ粉末がうっすらとベッドに付着していた。

それらもサーフェが調べてくれているが――グレンの仮説によれば、それらもやはりベルメールの身体を構成する陶器のはずだった。

「サーフェが顕微鏡の扱いが得意で良かったよ」

「成分分析《ぶんせき》などで使うこともあるもの。グレンも早く覚えなさい。最新機器にも慣れておかないとね」

「う……頑張ります」

先輩風を吹かされると、返す言葉もないグレンだ。

「うじゅる、うりゅずるる……！　グレンくーん！」

そうしたことを、研究室でサーフェと話していると。

緑色の粘液《ねんえき》が、研究室の扉から染《し》み出してきた。ぎょっとしたグレンの目の前で、粘液は次々とあふれ出し――やがて、室内で人の形に戻る。

ツインテールをひょこひょこさせるライムであった。

「ライム！　普通に扉を開けて入ってきなさい！」

「てへへ！　面倒くさくてデスね……」

ライムは舌を出して笑う。

彼女が侵入してくる様子は、ネメアで流行《はや》りのホラー小説のようだった――不定形の生物が街を襲《おそ》うものだ。グレンは顔を引きつらせながら。

「あ、あの……ライム先輩、お願いしたことは」

「はいはい、ちゃんと噂を集めてきましたデスよ」

ライムは真面目《まじめ》な顔になって。

「魔術学部について、色々と聞いてきましたノデ」

「さすがに顔が広いわね、ライム」

「ふへへへっへ！　伊達《だて》に長いこと医学部にいたわけではないのデスよ」

どうだとばかりに微笑《ほほえ》みながら、ライムは。

「魔術学部長なんですが――たしかに、あまり外には出ないみたいデス。でも、昨年度は集会やら教授会議やらで、そこそこ顔を出していたようデスね？　ちっこくて、杖《つえ》をつくドラコニア様の姿、たまーに目撃されてマス」

「それはまあ、そうよね。私も一回だけ見たことあるもの。いくらひきこもりでも、まったく外に出ずに学部の運営は難しいはず」

「今年度になってからデスかね？　すっかり見かけなくなったのは。魔術学部の生徒にも話を聞いてみたのデスが、やっぱりドラコニア様のひきこもりには拍車《はくしゃ》がかかっているようデス」

ライムは本当に知人が多い。

その屈託《くったく》のない性格、誰との距離も詰めてにゅるんと入り込んでしまう、それが心地いいのかもしれない。

成績が重視されるこのネメア・アカデミーでは、グレンのような出来の良い後輩は白い目で見られがちである――逆に、人付き合いに成績のことを持ち込まない、どころか自分の成績の悪さを気にしてないライムは、ある意味では癒《い》やされる存在なのかもしれない。

交流の少ない魔術学部にも友人がいるのだから、その顔の広さは相当なものである。

「僕が見たことないのも当然ですね。僕が入学するちょっと前くらいから、ドラコニアさんは外に出なくなってしまった……と」

「そういうことデスね。ところで――この話、ベルメールさんの診察と関係があるんデスか、グレンくん？」

ライムはにやにやとしている。

ドラコニアの話を集めるようライムに頼んだのは、ほかならぬグレンである。ライムはそれに応《こた》えて、アカデミー中で話を聞いてきてくれたのだ。

「えっと……その、すみません。直接は関係、ないです」

「えっ!? ないんデス!? グレンくん、すごい治療のアイデアを思いついて、そのためにドラコニア様の話が知りたいのかと！」

「す、すみません！ あと、すごい治療のアイデアも特に……」

グレンは頭を下げる。

「僕は……その、症状などを精査して得た所見《しょけん》をもとに治療することしかできません。今回は、それがちゃんとできると思うんです。そのためにドラコニアさんの話が必要かなと……」

「それでいいのよ」

顕微鏡を覗《のぞ》きながら、サーフェが言った。

「私たちは魔法を使うわけじゃないの。魔術学部を否定する気はないけれど……経験と臨床《りんしょう》に基づいた治療しかできないわ。ベルメールさんもそれを承知で、私たちのところに来たんでしょう?」

「う、うん、そうだね」

「なら、グレンはやるべきことをやればいいのよ」

確かにグレンに魔法は使えない。

だが、魔法で作られた人形にも、適切な治療をすることはできるかもしれない。チェルベの時は、基本さえ見誤ってしまったが。次はきっとうまくできるという確信が、グレンにはあった。

「なんだかサーフェちゃん……クトゥリフ先生に似てきましたネ？」

「に、似てないわよっ」

「そうデスか？　言い回しとかそっくりだったような……」

「あんな少年趣味と一緒にしないで！」

などと言い合う二人を横目に見ながら。

グレンは頭を回転させていた。ドラコニアの話は、確かにベルメールの治療には関係がない。

しかし、ベルメールがなにを考えているのか、なにを思ってグレンのところに足を運んだのか
——それを考えるための重要な材料だった。

「……ねえ、サーフェ」

「ん？　どうしたの」

「僕、チェルベさんの診察で思ったんだ……ただ体を治すだけじゃなくて、心のケアも医者にとって大事な仕事なんだろうって」

「そうね。その通りです」

チェルベの時は、彼女の身体だけでなく、心に寄り添った治療が、結果的に彼女の症状を解決した。

「でも……ベルメールさんの心はどこにあるのかな」

「――どういう意味ですか？」

「彼女の考えていることが、わからなくて……いや、違う。想像はしてるんだ。多分こうなんじゃないかなって。でもそれは、ベルメールさんの心なのかな。それとも、彼女を作ったドラコニアさんのものなのかな」

心臓は胸にある。

脳は頭部にある。

ベルメールのどこに心があるのだろうか。彼女を分解したときは、頭部も胸部も空洞だった。ならば彼女の心はどこに――。

「心の在処《ありか》なんて、哲学の領分よ。グレン」

「あ、うん、そうだね……」

ベルメールがたとえ、ドラコニアに作られたものだったとしても。

彼女が悩みを抱えて、自分の意思で研究室を訪れたのは事実だ。ならばグレンはそれを解決するしかない。

「医者の考えることは、もっとシンプルでいいと思うの。それに――」

サーフェはちらりとライムを見て。

「脳も心臓もない、細胞のコアだけがある不定形生物にだって、心はあるようだし」

「ハッ!? 今、バカにしたデス!? 下等動物だ、みたいに言われた気がして心外デス！」

ライムが、その体をぐねぐねと左右に振って抗議した。

「そんなこと言ってないわ。でも、ライムの心はどこにあるのかしら」

「そんなの私にもわからんデス！　――でも、私が言えるのは」

ライムは胸のコアに手を当てて。

「今こうしている私は、間違いなく私なんデスよ」

「……そうですね」

グレンがグレンであるように。

ベルメールもベルメールなのだ。魔術で生み出された存在であったとしても、そこにある心をグレンは信じればいい。

だから。

何故、彼女が研究室に来たのか――その理由も、グレンは考えることができる。誰かに作られた心であっても、その心に寄り添うことができればいいのだと、グレンは考えた。

それがグレンの答え。

グレンが知る由《よし》もないが、もしここにクトゥリフがいれば満点を出すであろう答えであった。

のちに大都市で、若いながらも診療所を開く天才医師――すでにその片鱗《へんりん》は、この時のグレンに現れているのだった。

「ベルメールさん、体の調子はいかがですか」

数日後――。

グレンはまた、研究室にベルメールを迎えていた。ベルメールは椅子に腰かけて、瞬きをしない瞳でまっすぐにグレンを見る。

「はい。変わりありません」

「痛みもそのまま？」

「その通りです。即ち――特に変化なし、でございます」

症状は変わらず。

グレンの予想通りだった。分解しても彼女の問題は解決せず、今のまま。良くも悪くもなっていない。

「今日も身体を診せていただきますが、よろしいですか？」

「はい。それでは早速分解を――」

「ああ、いや。違うんです」

立ち上がり、服を脱ごうしたベルメールを制す。

「今日診たいのはバラバラになった身体ではなくて、パーツがくっついたままのベルメールさんなんです」

「くっついたままの……わたくし」

「はい。つまりですね、糸を診させてもらえたらと」

ベルメールは立ち上がったままの、中途半端な姿勢でしばし硬直した。

グレンの言葉の意味を考えているのだろうか。しかし不安定な姿勢でも構わず動かなくなるというのが、いかにも非生物らしく見えた。

「承知しました。どうすれば――よろしいでしょうか」

「はい。そこは、先輩にお願いしまして」

サーフェが、にっこりと笑顔を浮かべてベルメールの後ろから現れた。

そのままベルメールの頭に触れる。

「ひゃんっ！」

ベルメールが、艶《なま》めかしい声をあげた。

「い、いけませんサーフェンティット様。頭部のボビンに触れては……んひゃっ」

「すみませんベルメールさん。必要な処置ですので」

無表情を貫《つらぬ》き通していたベルメールが、ここにきて表情を変える。

とても人形とは思えない声をあげて、体をびくびくと震わせた。サーフェはそれには構わず、かち、かち、かちと頭部のボビン型の器具を回していく。

こんな反応をするのか、とグレンは意外に思ってしまった。

「はいはい、もう少し回しますよ、かち、かち、かちっ……と」

「んんっ！　ひっ……ふひゃんっ！」

悶《もだ》えるベルメール。

構わずに、頭部のボビンを回していくサーフェ。

それにあわせて、ベルメールの身体のパーツが緩んでいく。メイド服の袖《そで》から、彼女の手が徐々に伸びていく——緩んだ手を、グレンは取る。

メイド服の袖から、きらきらと光る糸が伸びていた。

「なるほど、これですね。あ……だ、大丈夫ですか、ベルメールさん」

「あっ……ふぅぅんっ！」

「痛かったら言ってくださいね」

「い、痛くはないですが……その、糸は私の神経そのものなので……んんっ、ぁふんっ！」

ベルメールが声を出す。

グレンはすべすべとした陶器の肌——文字通り陶製の手を引っ張りながら、そのパーツから伸びている糸を観察する。

糸は不思議な光を発していた。

見る角度によって微妙に色を変えていく。その色はあたかもタマムシやシャボン玉のようだ。染料ではなく糸の分子構造がそのように見せるのだろう。

球体人形の糸は、頭部から各パーツへと繋がっている。例《たと》えば腕ならば、二の腕、前腕部、手首へと糸が通っており、それら各部分を支えている。

ベルメールの身体を一つにしているのは、この糸なのだ。

糸に軽く触れてみる。

「ひゃうっ」

ベルメールが声をあげる。

彼女は、糸が神経の役割を果たしていると言っていた。糸を外さず、体が繋がっている状態では、触覚《しょっかく》も普通にあるのだ。しかし一方で、糸を緩めたり、各パーツに触れていっても、痛みを訴えることはない。

悶えてはいるが――。

（ま、まあ、痛くはない……んだろう）

そう判断したグレンは、観察を続ける。

伸ばした手の縁《へり》――前腕部と接触する球体型の関節に、グレンはそっと触れていった。意識して触れば――その表面に、ざらりとした粉末の感触がある、とわかる。

粉末。焼いた土。

つまり前回の診察で、グレンの手についていたものと同じ――。

「んんっ、あ、うぅ……ぐ、グレン様、マスターでもそこは――あまり……！」

「あ、ああ、すみませんっ」

「ひゃあんっ」

慌てて手を離すと、ベルメールも声をあげる。

「グレン……触診についても、勉強しましょうね。患者さんを怖がらせないような触り方を……ね」

「は、はい……」

先輩《サーフェ》に言われて、グレンは頭を下げる。

グレンは息を大きく吐いて、改めてベルメールに向き直った。息を整えるために深呼吸する様《さま》はまるで人間だ。さすがに陶器の肌であるため紅潮《こうちょう》はしないようだが、わずかにのせられた頬紅《ほおべに》のせいで、独特の色気を携《たずさ》えていた。

「ベルメールさん。貴女の症状なのですが」

「は、はい――」

「やはり関節ではなく、糸に問題があると思われます」

「そ、それは――あり得ません」

グレンが告げる。

ベルメールは少しだけ――ほんの少しだけではあるが、声に不満をにじませて答えた。

「それはあり得ません。糸は我がマスターの作った魔法の糸。マスターが問題がないと告げました。即ち――糸が原因ではございません」

「あ、すみません。その……言い方を間違えました。糸そのものが原因ではないです」

「と――仰いますと？」

「これを見てください」

グレンは、手に付着した粉をベルメールに見せる。

「これは、ベルメールさんの身体についていた粉末です。顕微鏡で調べたところ、これはベルメールさんの身体のパーツと同じ――陶器の成分であることが判明しました。僕はこの粉末を、パーツの摩擦《まさつ》によって生じたものだと考えています」

「摩擦――でございますか」

「はい。つまり、ベルメールさんの関節には過度な力がかかっているんです」

関節が過剰に引き締められている。

そのせいで必要以上の摩擦が生じた結果、こすれた関節部が削《けず》れてしまい――それが粉末となって、ベルメールの身体に付着していた。

「ベルメールさんの症状は、関節や魔法の糸が原因ではありません。その糸の張力を支えている、ベルメールさんの頭部のボビンが原因なのだと考えました」

「理解しました。この身体を引っ張る糸の力が強すぎる――ということでございますね」

「その通りです」

痛いはずだ。

体の一部が擦《こす》れ落ちるほどに、過度な摩擦が発生するほどに、糸がパーツを繋げる力が強いのだから。糸自体に問題がなくとも、ベルメールの身体は危機と判断して、痛みを告げているのだ。

「ボビンの調整をしてもらうのがいいかと思います」

「承知しました。わたくしの肉体は人形職人様の手によるものですが、この頭部のボビンだけは金属。別の工房に発注したと聞いております。発注元に直していただけるか、確認したいと思います」

かちかちかち。

ベルメールが自分の手で、頭のボビンを回す。そのたびに糸が巻き取られ、ベルメールの手がメイド服に戻っていった。ベルメールは、関節にメイド服を挟まないように注意しながら、自分を吊り下げる糸の張力を調整していく。

「ありがとうございましたグレン様。これで——ドラコニア様にも、きちんとした報告ができます」

「は……あ、い、いえ、あの、ベルメールさん。僕はまだお聞きしたいことが……」

まだ肝心《かんじん》なことを話せていない。

だが、それを口にしようとした瞬間であった。

「ワシのカワイイ人形に悪戯《いたずら》しとるのは、誰だあああ————ッ！」

「っ」

研究室の扉が乱暴に開かれる。

そこに立っていたのは――幼女と言っても差し支えない、小柄な魔族であった。手には杖を持っている。

「こんの！　貴様！　あの八本足のところのバカ弟子だなぁ！　よくもワシのベルメールに手を出しおったな！　許さんぞ、この、こんの！」

「ちょ、ちょっと……！」

幼女はぽかぽかと杖を叩きつけてくる。

樫《かし》で作られた杖だが、殴られてもあまり痛くはない。どうやら、手首の力をうまく利用できないようで、両腕で不格好《ぶかっこう》に振り回している――いや、杖に振り回されているようにも見える。

（いや、手首が……そもそも、ない？）

頭にかぶった学帽。眼鏡《めがね》。

アカデミー指定のローブを身に着けているが、その裾《すそ》から伸びる太い尻尾を引きずっていた。ローブの袖から見える手は固そうな鱗《うろこ》で覆《おお》われており、手首の関節が存在しない。肘から手首までの太さが一定なのだ。

どこかのっそりとした動き。全身の鱗。

鱗を持つ魔族は多いのだが、彼女の場合は、尻尾の背びれ部分にとげのようなものが見られ

た。これは――。

（ワニの特徴を持つ魔族……セベク族）

古くから川に棲むとされる種族だ。

「……あの、もしかして、ドラコニアさんですか？」

「一学生の分際《ぶんざい》で、ワシをさん付けか！　魔術学部長ドラコニアじゃぞ！　ドラコニア様と呼ばぬかぁ！」

どう見ても幼女であるが――。

長寿《ちょうじゅ》種族、あるいは脱皮する魔族は見た目通りの年齢ではないことがある。セベク族の寿命《じゅみょう》は百五十年ほどと言われているし、脱皮もする。幼女のような見た目でもおかしいことはなかった。

「偉いんじゃぞ！　敬《うやま》わぬか！」

ドラコニアはない胸を張る。

ローブの下は、股《また》と胸を覆うわずかな布くらいしか身に着けておらず、意外にも刺激的な姿であった。部屋着のようにも見える。見た目をあまり気にはしないのか、それとも出不精《でぶしょう》ゆえなのだろうか。

「む……貴様。魔族ではないな。なるほど、クトゥリフのやつめが猫かわいがりしているというのは貴様のことか。人間！　ワシの人形に気安く触れていいと思ったか！」

「え、あ、あの……僕は診察を……」

「うるさーい！　とにかく！　ワシの人形を返せ！　返さぬかぁ！」

ぽこぽこ――と、また杖で殴ってくるが、やはりあまり痛くない。

「あの、ここは研究室です。杖を振り回すのは……」

見かねたサーフェが間に入る。

「やかましい！　医学部にワシの人形を診る許可を出した覚えはないぞぅ！　ベルメールはワシの魔術研究の集大成じゃ！」

サーフェも戸惑《とまど》ったように眉《まゆ》を寄せる。さすがのサーフェもドラコニアには強く出れないようだった。ドラコニアがこちらに危害を加える気があるなら別だろうが、彼女の杖は子供が軽く叩いてくるくらいの威力《いりょく》しかない。

「むっ……うっ……痛たたたた」

と。

ドラコニアが杖を支えにして、前傾姿勢になってしまった。腰を押さえる仕草。どうやら腰《よう》痛《つう》らしい。

「マスター。大丈夫ですか。わたくしに掴まってください」

「う。む。うう。すまんのうベルメール」

「わたくしはマスターの人形です。ですので――お気になさらず」

献身《けんしん》的に、ベルメールがドラコニアの傍《そば》に寄り添う。ドラコニアの腰痛はなかなか深刻なようだ。杖を振り回したくらいでこうなってしまうのだから。

（研究一筋なのかな……）

長時間椅子に座っていると、腰を痛めるのは人間でもありうることだ。ドラコニアはあまり外に出ないと聞いているし、運動不足が腰痛を引き起こすことは十分考えられた。

「し、診察しましょうか」

見るに見かねて、グレンがドラコニアに告げる。

「腰痛であれば、少しは対処できるかと思います。サーフェなら痛み止めや湿布《しっぷ》も作れます。症状の緩和《かんわ》くらいはできるかと」

「こ、断るわ――――――ッ！」

どかーん！

雷《かみなり》を落とさんばかりに、ドラコニアが叫んだ。

「医学などというものを！　ワシは信用しておらぬ！　あのタコ女は古来の伝統を軽視し、魔術をないがしろにする！　貴様ら弟子も同じであろうが！　そんなものに頼る気は毛頭ないわい！」

「マスター。心配してくださってるグレン様にそのような言い方は――」

「帰るぞベルメール！　魔術学部棟にな！　お前の不調も、ワシがちゃんと調べてやるから

「……」

杖をよろよろと突きながらも、怒りの冷めやらぬドラコニアは踵《きびす》を返す。

「あっ……」

グレンは言葉を失う。

ベルメールの不調の原因は、既にはっきりしている。だがこの状況では、なにを言ってもドラコニアを怒らせるだけだろう。それに、ドラコニア自身の不調も気になるグレンだ。どうにかしてあげたいのだが――。

クトゥリフが魔術嫌いなように、ドラコニアもまた医学を嫌っているようであった。

「――言ってくれるじゃないドラコニア。そんなガタガタの身体で」

「えっ……!?」

「げ……!」

そこへ――。

よく知った声が響いた。

研究室を出たドラコニアを待ち構えていたのは――八本足の触手《しょくしゅ》をうねうねと蠢《うごめ》かせる、白衣の美女であった。

「く、クトゥリフ先生!? なんでここに!?」

「なんでって、呼ばれたのよ。私の可愛い弟子にね」

クトゥリフの背中から、にゅるりとライムがその姿を現した。手でVサインを作り、にかっと笑っている。

いつの間にかいなくなったと思っていたら、クトゥリフを呼びに行っていたらしい。

「さて、ドラコニア。アンタの腰痛の話は聞いてるわよ。この私が、がっちりしっかり整体してあげるからね」

「こ、断る！　貴様の医術などお呼びでないわ！　ワシは魔術でなんとか」

「なんとかならないから痛いんでしょうに。まったく、さっさと行くわよ」

「のぎゃあああ――――――ッ！」

ドラコニアは、いとも簡単にクトゥリフに絡《から》めとられてしまう。体格からいっても膂力《りょりょく》からいっても、ドラコニアではクトゥリフに敵《かな》わないようだった。

「アンタの弟子たちも心配してるのよ。さっさと治してあげるから。あ、ちなみに私、少年だけじゃなくて幼女も好きよ」

「この変態女がぁぁ！　貴様などさっさと不祥事《ふしょうじ》でクビになってしまえ！　あとワシは幼女ではないわ！」

「百年も生きてないんだから、私から見たらみんな子供よ」

ふふふ、と意味深に笑うクトゥリフ。

彼女がおせっかいを焼く、というのは非常に珍《めずら》しい光景であった。グレンは意外に思って師匠を見つめる。

「……意外と、ドラコニア様を気に入っているんですね、クトゥリフ様」

サーフェも少し驚いているようだった。

医学と魔術。方法論の違いによって不仲だと思っていたし、実際に考え方に相容れない部分はあるのだろうが――それはそれとして、ドラコニア個人のことを、クトゥリフは嫌っているわけではないらしい。

「ああ、そうそう、グレン」

触手で簀《す》巻《ま》きにしたドラコニアを引きずっていきながら、

「研究室、頑張っているようね――」

「は……はいっ」

グレンの背筋《せすじ》が自然と伸びる。

研究室は卒業に必要な課題の一環《いっかん》でもある。教師であるクトゥリフは、常《つね》にそれを監督し評価しなければいけない立場だ。グレンが緊張するのも無理はないといえた。

「なにかあればすぐ私に言いなさい。あなたたちはまだ医者ではないのだから、困ったことがあれば必ず大人を頼るのよ」

「は、はい」

「サーフェ。ライム。後輩をしっかり見てあげなさいな――さ、行くわよドラコニア」

クトゥリフが去っていく。ドラコニアは引きずられながら、『はーなーせー！』と叫んでいた。もちろんクトゥリフが離すはずもない。

「……クトゥリフ先生には、敵わないなあ」

グレンは息を吐く。

ドラコニアの乱入は、師匠の登場によってあっさりと解決してしまった。学部長同士のことは学部長が解決すればいいとして、さっさとクトゥリフを呼びに行ったライムの機転にも頭が下がる。

では。

自分は自分の仕事をしよう——そう思い、グレンは、ちらりと隣を見る。

「…………」

ベルメールは、クトゥリフに引きずられていくドラコニアを止めることもせず、ひらひらと手を振っているだけなのであった。

「本日はありがとうございましたグレン様。おかげでわたくしの不調の原因もわかり、マスターもクトゥリフ様の治療を受けてくださるようです。さすがは医学部の天才学生様——素晴らしい治療でございました」

グレンは、ベルメールを見送っていた。

地下にあるという魔術学部棟であるが――その入り口はグレンも知らない。ベルメールも教えてくれる気はなさそうだ。

「ここまでで構いません。重ね重ね――ありがとうございました」

「あの……ベルメールさん」

「はい、なんでしょうか?」

可愛いらしく小首を傾げる。

グレンは、なんと言おうか、少しだけ考えて。

「先ほども言った通り、ベルメールさんの関節痛は、糸を引っ張る力が強すぎたことが原因です。非常にシンプルな原因でした」

「はい、その通りでございますね?」

「――ベルメールさんは、ご自分の痛みの原因に、気づかなかったのですか?」

「………」

不調は、ベルメールの頭部のボビンであった。

だが、それによって痛みが発生したことを、糸を神経としているベルメール自身が気づかないはずがないのだ。関節部に溜《た》まってしまう、陶器の粉末だって、ベルメール自身が見落としていたのはおかしな話だ。

ボビンは、サーフェがやってみせたように――その張力を簡単に調整できる。

「関節痛は、自然発生したものではないのでは？」

「と――おっしゃいますと」

「ベルメールさんがあえて、自分の体に痛みが発生するくらいに、糸を調整していたのではないですか？」

「これはグレン様。不思議なことを仰いますね。なぜわたくしが自分で、そのようなことを――せねばならないのでしょうか？」

ベルメールの表情は読めない。もともと、彼女の顔は無表情だ。

「……僕はひとつの仮説を立てました。つまり、ベルメールさんは、ひきこもっているドラコニアさんを、外に出したいのかな、と」

「ふむ――その理由は？」

「そこがずっと謎だったんです。でも、さっきのやり取りでわかったような気がしました。ベルメールさんが僕の治療を何度も受ける。ドラコニアさんは、いずれそれに気づく。実際、さっき研究室までやってきました。そして……腰痛を見抜かれて、クトゥリフ先生に治療を受けることになった」

グレンは、息を吸って。

「関節痛は、ドラコニアさんを治療させるための、方便《ほうべん》だったのではないですか？」

「…………」

ベルメールはなにも言わない。反論もしない。

しかしそれこそが、グレンの仮説が正解であることを示しているように思えた。グレンは慎重に言葉を選びながら。

「あの……その、追及するつもりはないんです。ベルメールさんが、主のことを想っているのも理解しました」

「あら？　——では何故、その話を？」

「それは……」

風が吹く。

夕方のネメア・アカデミーは、少し寒い。もともと新興都市ネメアは寒冷地だ。日が落ちてから吹く風は、温暖な地域出身のグレンには肌に染《し》みる。

「ただ、いくら主のためでも、ベルメールさんがご自分の体を痛めるのは……医者の見習いとして、見過ごせないので……できれば、こういうことは今後しないでほしいんです」

十四歳の若造《わかぞう》が、なにを言ってるのか。

師であるクトゥリフが言うのならばともかく、まだ医者でないものに、ベルメールの行動をあれこれ言う資格はないのかもしれない。しかし——もし自分で仕組んだことだったとしても——ベルメールが自分の身体を傷つけたのは事実である。

グレンは、自分の手についた粉末を考える。

たとえ陶製だったとしても、ベルメールの体が削れてしまうことを、グレンはよしとしなかった。

ベルメールの心を慮《おもんぱか》ると同時に、彼女にも自身の身体を大事にしてほしかった。

「……ふふっ」

「え」

笑う。

ベルメールが笑う――目を細めて、口角を上げて。もう抑えられないとばかりに、彼女は声をあげた。

「ふふっ、くすくす――あっ、すみませ、ふふ……！」

瞬きもしない人形だと思っていたのに。

今の彼女の表情は、人間と見まがうほどに自然なものであった。笑いすぎて目じりを拭《ぬぐ》う仕草まで、人間そっくりだ。

「ふふっ……あぁ――失礼いたしました。グレン様。ですが考えすぎですよ。わたくしはマスターのことを案じてはおりますが、自分をあえて痛めつけるなど、しておりません」

「では、関節痛の原因に気づかなかったのは――」

「それはね……」

ぴとっ、と。

ベルメールの人差し指が、グレンの唇に押し当てられた。

それ以上は言うな、とばかりに。

「即ち——乙女《おとめ》の秘密、というヤツでございます」

それから。

グレンの唇に当てた指を、自分の前で静かに立てて見せる。

片目を閉じて、ウインクする。そしてほんのりと笑みを浮かべて——もはやどこからどう見ても、人間にしか見えない。

だが彼女の体が陶器でできているのは、グレン自身がよく知っている。

「それではグレン様。本日はこれで失礼します。魔術学部に御用がおありでしたら、このベルメール、いつでも参じます。気軽に名前をお呼びくださいませ——恩人のグレン様でしたら、なんでも言うことを聞いてさしあげます、よ?」

何事もなかったかのように。

ベルメールはいつもの無表情に戻ってから、颯爽《さっそう》と去っていく。その後ろ姿は、経験を積んだベテランのメイドの風格であった。

片目をつぶれるということは——瞬きさえしなかったのも、演技だったのだ。

「……笑えるんじゃないか」

人形のように振る舞っていたのは、なぜだろう。

あまり人に近しいと、人と見分けがつかなくなるからだろうか。人に間違えられてしまうのはベルメールの本意ではないのかもしれない。

底の知れない人形の、けれど最後に見せた笑顔は魅力的であった。

その感想は、誰にも言えないな、と思うグレンであった。

「グレン、ちゃんとできたかしら」

「だーいじょうぶデスよ。ベルメールちゃんを魔術学部棟まで送っていくだけなんデスから。サーフェは心配性デスねぇ」

研究室にて。

サーフェは部屋の掃除をしながら、グレンの心配をしている。対してライムは、のんきにレモンティーを飲んでいる。掃除の手伝いはしていない——と思いきや、テーブルの上を扁平《へんぺい》に広げた手で撫でている。

テーブルの上のホコリを取り込んで消化しているようだった。スライムの能力を存分《ぞんぶん》に生かした掃除法である。

「……グレン、成長してたわね」

「そーデスね。さすが天才少年～……もうなんか、私とはデキが違いマスね」

「そうじゃないのよ」

サーフェは微笑みながら。

「きっとあの子は、魔族のことを誰より考えているだけなのよ」

「あー！　サーフェちゃんばっかりズルいデス！　私も先輩風吹かせたいデス！　なんデスかその、私はわかってるわよって態度！」

「わかってるもの」

サーフェは得意げであった。

後輩の成長は喜ばしい。グレンは才気あふれる少年であるが、しかし努力なしで頭角を現すものなどいない。彼がめきめき成長しているのは、サーフェやライムとともに学ぶ環境が、グレンにとって良い環境であることの証《あかし》だろう。

グレンに負担をかけていることを気にしていたのだが。

どうやら、グレンはその負担を自分の力にできる人間だったようだ。

「これからも、無理はさせないように……でも経験を積んでもらいましょう」

「なんだかサーフェ、すっかりグレンくんのサポート役デスね。自分のことはいいんデス？お医者サンになりたいのでは？」

「私が目指してるのは薬師《くすし》よ──薬師なら、医者と一緒に仕事できるでしょ」

「おおう、なるホドぉ」

もちろん自分の勉強をおろそかにするつもりはないサーフェだが。

才気あふれるグレンの助けをするのも、大事なことだとサーフェは思っていた。それが自分のため、グレンのため、そして魔族の医療を必要とする、この世界の将来のためになるのではないか——そんな想像さえ抱かせる。

「あなたはどうなの、ライム？」

「へ？　私!?」

「クトゥリフ先生の弟子のままでいるつもり？」

「エへへー。そうデスね、あんまり独立とか、考えてないデス」

そもそもなにも考えてなさそうな顔で、ライムが笑う。

サーフェは不思議だった。あまり医療への情熱があるタイプには見えないのだが、クトゥリフはライムを信頼しているフシがある。決して成績がいいわけではないのだが——。

（まあ、性格かもね）

ライムは誰にでも好かれる。

その魅力に、クトゥリフも囚《とら》われているだけかもしれない。それならそれでいい、とサーフェは思う。ライムの美点が、いつかライムの役に立つ日がくるだろう。

「ともかくグレンくん、めきめき頭角を現して——噂になってるデスよ」

「……噂？」

これこそライムの性格ゆえか。

噂話を仕入れるのが早い。

「そうデスそうデス。サーフェちゃん、しっかり言っておかないとデスよ。グレンくんはうちの研究室に所属してるんだって。でないと、ほかの研究室に目をつけられてとられちゃうかも……」

「それは貴女が強引に……ひゃっ！」

――ぞくぞくぞくぞく……！　と、サーフェの身体が震える。

突然の悪寒《おかん》に、サーフェはその端正《たんせい》な顔を歪めた。

「サーフェちゃん？」

「ひゃぅ……な、なんでもないわ。なんでもないけど――」

サーフェはテーブルに手をついて、悪寒の余韻《よいん》に耐える。

「けど、嫌な予感がする」

苦々しい表情で呟《つぶや》いた。

それが、恋する女の虫の知らせなのだとサーフェが気づくのは、もっともっと後のことなのであった。

「ふふふ……見つけた、見つけたわ」

寮の一室。

カーテンで光を閉ざした部屋——その隙間《すきま》から、グレンのことをじっと見つめる影がある。

その影は、ベルメールと別れたばかりのグレンを——いや、本当はもっともっと前から、グレンのことを見つめ続けていた。

「ふふ、人間、人間の男性……」

暗い部屋に、女性の笑い声だけが響くのだった。

研修3　動けぬオシラサマ

「まあああまあ、よく来たわ。よく来てくれたわ。嬉《うれ》しいわ。嬉しいのよ。お菓子もあるわ。お茶もあるわ。はい、どうぞ？　自分でとって食べてね。あとはなにが欲しい？　なにが必要かしら？　遠慮なく先輩に言ってくださいね。ね？」

なんでこんなことに――。

グレンは混乱する頭で必死に考えた。

目の前の先輩――家政学部、服飾科の学生は、頭部の触角《しょっかく》をぴこぴこと動かしながら、一見愛想《あいそ》よく話しかけてくる。

「なんでも言ってね。なんでも教えてね。だって私はあなたとともに生きるんですから。一緒よ、これから。ずーっと一緒よ。ね。ね？」

笑顔を振りまいている。

だがグレンは、彼女の目が笑っていないのが見える。どこか狂気的な感情を織り交ぜながらグレンをじっと見つめてくる。

値踏《ねぶ》みされている——というわけでもない。

無条件の信仰、ともいうべき感情が、剝《む》き出しのままグレンに向けられていた。

「そうだわ。名前。名前を言ってなかったわね。私はね。扶桑。大陸公用語の発音だと……フソゥ、かしら。アカデミーの友達にはそう呼ばれているの。友達あんまりいないけど。でも寂《さび》しくないのよ、あなたがいるから。ね。ね？」

これは好意なのか。

それとも別の何かなのか。

（昆虫系魔族——蝶《ちょう》、いや……カイコガ、かな）

大きな白い、蛾《が》の翼。二対《につい》ある腕。頭から伸びる触角などを総合して考えれば、そう判断するのがいいだろう。しかし、知らぬ女性だ。アカデミーでも見たことがない。

「私、あなたが好きよ。きっと好きよ。好きになれると思うのよ。ね。ね？」

狂気的な言葉に、グレンの鳥肌《とりはだ》が収まらない。

カイコガの少女フソゥは、先ほどよく来たわ——と言った。しかし違う。グレンはそもそも学内を歩いている時に、彼女の帯で拘束《こうそく》されて、部屋に連れ込まれてしまったのだ。このフソゥの部屋へと。

「それでは、早速《さっそく》——」

フソゥは、一見すれば邪気のない笑顔で、自然に。

それがごくごく当たり前だとばかりに言った。

「私のお世話をしていただける？　人間様。グレン様。ね。ね？」

意味がわからず、ただグレンは額《ひたい》から汗《あせ》を流すのだった。


――その部屋は、東風の装飾がされていた。

ショウジ。タタミ。イロリ。全《すべ》てグレンの故郷では見慣れたものだ。だが、魔族領のまっただ中にあるこのネメア・アカデミー内では、初めて見る。部屋を改造したと思われる少女――フソゥもまた、魔族領では見ない服を着ていた。

着物、帯《おび》も東国風のもの。ふわふわした毛が襟元《えりもと》を覆《おお》っているが、これはおそらくフソゥの身体の一部だと思われた。一見するとおかっぱの白い髪を伸ばしているが――よくよく見れば、長い髪は一対《いっつい》の蛾の翼のように広がっている。昆虫系魔族には、昆虫に似た翅《はね》を頭から生《は》やしているものも多くいる。

――総じて、蝶型魔族の一種。

「どうなさったの？　私が珍《めずら》しい？　いえ、いえ、そんなはずはないわよね。私たちの種族のことを、知っているはずよ。ね。ね？」

グレンは未《いま》だ、体を帯で締めつけられている。

学校を歩いていただけで――この東風の部屋の近くを通りがかったときに、フソゥに拉致《らち》されたのだ。

　だが当のフソゥはそんなことを忘れたかのように、無邪気に目をぱちくりさせていた。

「知っている……？　いえ、僕は昆虫魔族の知人は……」

「そう。そうなの。悲しい。悲しいわ。でも知らないの……？　オシラサマ。私たちは、オシラサマ。人間領で、人間と一緒に暮らしていた魔族なのよ。ね、ね？」

「オシラサマ」

　それは。

　東国――グレンの故郷に伝わる信仰であった。扱いは地域によって若干《じゃっかん》異なり、カイコの神とも農業の神ともいわれる。場所によっては桑《くわ》の木に着物を着せるなどして、信仰対象とするのだが。

「まさか、神様ではなく……実在する魔族の一種だったのですか」

「そう、そうよ。私たちはね、蝶型の魔族から分かれた一部族。ずっとね、人間領で、人間と一緒に暮らしていたのよ。カイコの魔族なのよ。ねえ、ねえ、驚いた？　驚いた？　ふふ、嬉しいわ。私たちのことを知ってくれて」

「人間領に……？」

　グレンは、研究室に向かっている最中だった。

　自分が来なければ、サーフェもライムも心配するだろう。

本当は今すぐにでも戻らなければならない。だが——。

人間領にいたという魔族。

そんな存在を、グレンは聞いたことがなかった。拉致されたことへの恐怖や焦《あせ》りよりも、目の前の魔族に対する、医者の卵としての興味が上回った。

この時点ですでに、グレンの知的好奇心は、自身の安全を顧《かえり》みないほどに育っているのだった。

「家畜なの」

にっこり。

男であればだれもが見惚《みと》れるような笑顔で、フソゥは笑う。

「家畜と一緒。オオカミはイヌになったわ。イノシシはブタになったわ。それと同じように、野を遊ぶ蝶型魔族の一種がね、昔から、昔から——歴史に残らないほどの昔から、人間と一緒に過ごしたの。だから私たちは……私は、オシラサマになったのよ」

「……え」

「子どものオシラサマは、絹《きぬ》になる生糸《きいと》を吐けるのよ。とっても上質なのよ。私もたくさん吐いたわ。でもね、思春期——大人になる過程で、糸は吐けなくなってしまうのよ。そういう風に、人間様が作ったのよ」

「人間が自分の都合で……家畜化した、魔族の亜種《あしゅ》——ということですか」

家畜化。

人間が人間のために動物を利用した結果、別の種族が生まれることがある。

いや――家畜化自体はおかしいことではない。動物はその環境に適応する。ブタもイヌもネコも、元は野生であった。ならば、蝶型魔族が人間との共存に適応して、カイコのようになることも有り得るのか。

「そういうことに、なるわね。知らなかった？　知らなかったのね。戦争で、私たちの一族は人間領を追われてしまった。ずっと人間様と一緒にいたのに。人間様といるために、身体《からだ》がこうなったのに。戦争が始まったら、人間様と一緒にいられなくなったの。そう聞いてるわ。追われた時の別れは、それは惨《ひど》いものだったと――聞いているわ」

ああ――グレンは、自分が罪悪感で押し潰《つぶ》されそうになる感覚に、必死で耐えた。

「聞いているということは……フソゥさんは、その時代を知らないのですね」

「知らないわ。開戦の直前、百年近く前だと聞いているもの。でもね、でもね、人間様のことは聞いているの。一緒に過ごした時代の話を、おばあ様からたくさん聞かされたの。人間様は優しいのね、子どものときはオシラサマから糸をとって、大人になったらたくさんもてなしてくれるんですって。身の回りの世話をなんでもしてくれるんですって」

グレンは唇《くちびる》を噛《か》む。

オシラサマ信仰が今に残っている理由が、よくわかってしまった。

生糸は生活の根本だ。そしてオシラサマから糸をとるのは、カイコを育てるよりもよほど効率が良かったのだろう。魔族が吐く糸の量は、体重を考えれば相当なものになるはずだ。

オシラサマは人間にとっては、生糸――金になる糸を吐く存在だった。糸を吐けなくなっても、子どもを作るという仕事がある。さぞ甲斐甲斐《かいがい》しく世話を焼かれたことだろう。まさしく人間がカイコに対して世話を焼くように。

「私も話を聞いててとっても羨《うらや》ましかったわ。人間様はとても優しいんだって。なんでもしてくれるんだって。だから私はね、人間様に会いたかったの。ずっとずっと会いたかったの。でも戦争で、魔族領に逃れた私たちには、再会の術《すべ》がなかったの――今日まさに今この瞬間、そうまさに、この瞬間までは……！」

フソゥは頰《ほお》に手を当てて震えた。

人間の生徒は、このネメア・アカデミーではグレンただ一人。

だからフソゥは、半《なか》ば拉致するようにして、グレンを連れ込んだのだ。グレンが東から来た唯一《ゆいいつ》の人間であるから――。

「あの……それで、僕になにを、求めているのでしょうか……」

グレンは嫌な予感がしつつも、そう聞いた。

「？」

フソゥが可愛《かわい》らしく小首を傾《かし》げる。

「あなたは、人間様。私は、オシラサマ。そうよね？　ね？」

「は、はぁ。そうですね」

「ならばしてもらうことは一つしかないわ。たった今言ったでしょう？　さっきも言ったはずよ――あなたは、お世話をするの。私の。それが私たちと、人間様の間でずっとずっと紡《つむ》がれてきた、絆《きずな》なのよ」

「お世話……というのは？」

「私、足が弱いの」

フソゥは、着物の裾《すそ》から伸びた足を撫《な》でた。

ふっくらとした足に、思わずグレンの目がいく。黒のニーソックスを履《は》いた彼女の足は――一見すると弱いようには見えないが。

「立って歩くのも大変なのよ。とっても大変。先ほど貴方《あなた》を拉致した時も――」

「拉致」

「――いいえ、帯で抱きしめてこの部屋に来てもらったときも、とてもとても大変だったわ。だから一日、私はこの部屋から出ないの。いいえ出れないの。だから身の回りのお世話。全部。そう、全部よ。お茶も淹《い》れてね。お茶菓子も食べさせてね。髪も梳《す》いてほしいわ。よろしくね、グレン様。ね。ね？」

啞然《あぜん》とした。

今日初めて会った女性に――実質、使用人になれ、と言われている。フソゥがオシラサマで、グレンは人間なのだから、世話をするのが当然だと言っているのだ。

自《みずか》らを家畜化された魔族だと言いながら――いや、だからこそ――世話をするのが当然だと言っている。

「いえ、あの、その……すみません、僕は研究室での仕事が」

「行ってしまうの？」

声は泣いていた。

だが、フソゥの目は泣いておらず――見開いた瞳孔《どうこう》がグレンを捕らえている。

「行ってしまうの？　私を置いて？　私の身体が弱いのは、オシラサマとして当然のことなのよ。だってオシラサマは人間様から、糸を吐く力だけを求められたのだから。そのために特化した種族なのだから。遺伝的に体が弱いし、病気がちだし、大人になって糸を吐くこともできなくなったら――本当に、本当の、役立たずになってしまうのよ」

「……っ」

めまいがする。

身体が弱い、病気に弱いのは、実在するカイコと同じだ。畜産であるカイコは、幼虫の際には足が弱く木に掴《つか》まることもできはしない。野生の昆虫をそのような、絹糸をとるための家畜に仕上げるのには、きっと何千年もの歴史があったはずだ。

オシラサマも同じなのだろうか。

原種と人間が深く関《かか》わり、糸を吐くためだけの身体にするために——どれだけの時間、人間がオシラサマに関わったのだろうか。時には繁殖《はんしょく》さえ人間の都合で行ったはずで——。

（……やめよう）

考えると頭が痛くなる。

とにかく、この種族と人間の関係は、戦争が終わった今ではとてもいびつなものだ。戦争前もそうだったかもしれないが、とにかく対等ではない。

「でも、人間様がいれば大丈夫。私はオシラサマとして生きられるの。そんな私を見捨てたりしないわよね。ね？」

「——」

だが。

グレンは、フソゥの考えを時代にそぐわないと一蹴《いっしゅう》するには、あまりに優しすぎた。無邪気な信頼を寄せてくるフソゥを、見捨てる気にはなれなかった。

（……ほどほどに付き合ってあげよう）

少しだけ、フソゥの言う通りにすれば、彼女はきっと満足するだろう。よもや学生生活の全てをグレンに頼るわけではあるまい。

「あの……話はわかりましたが、できません」

「何故《なぜ》。何故？　何故……？」

　フソゥがじっとグレンを見つめてくる。

　言葉を繰り返すのがフソゥの口癖《くちぐせ》なのだろうが、無駄に威圧感《いあつ》を感じるのでやめてほしい。

「帯を解いてもらわないと……」

「あ、ああ、そうだったわね。ごめんなさいね。人間様に会えて嬉しかったの。ずっと会いたかったの。だから許してね。ね？」

　帯をしゅるるとはぎとるフソゥだった。足が弱いと言っていたが、四本腕を使って帯をほどくのには特に問題ないらしい。服飾科ということだったし、手先は器用なのだろう。

「これからよろしくお願いね、グレン様。ね？」

「はい……」

　フソゥは笑顔で首を傾げる。

　――自分の見通しが甘すぎることに、グレンはまだ、気づいていないのだった。


　いらいら。

　いじいじ。

　かつかつ。

「サーフェちゃん……怖いデスぅ」

「怖くありません！」

研究室の中で、サーフェは報告書を執筆していた。ハーブから作った薬に関するレポートである。サーフェは研究室の先輩としてグレンの面倒《めんどう》を見る一方、自分の薬学研究をおろそかにはしていなかった。

おろそかにはしていなかったのだが――。

「だぁって、サーフェちゃん、さっきから一行も進んでないデスよ」

「っ。い、今から書きます」

羊皮紙《ようひし》に研究結果を綴《つづ》ろうとするサーフェ、なのだが。

ペンは進まない。

「…………うぅ」

「まあ、気持ちはわかりマスけどね……グレンくん、研究室に来なくなっちゃって……」

「言わないで！」

ペンをペン立てにしまい、サーフェは顔を覆った。ライムのツインテールもへにょっと垂《た》れ下がり、落ち込んだライムの気持ちを如実《にょじつ》に表している。

「どうして、どうしてなのグレン……今まで毎日来ていたのに……！」

「授業が終わると、なんだか急いでどっか行っちゃうんデスよねえ。今日も捕まえようとしたんデスけど、ぱぱっといなくなっちゃって……」

「うう……！　そんな――」

　研究室での診察は、一時休診としている。

　サーフェでも真似事《まねごと》はできるが、すでにグレンは実地で患者を診《み》る技術において、サーフェを超えていた。サーフェの専門はあくまで製薬だ。

　今日まで何人もの患者の悩み、訴《うった》えを聞いてきたグレンの経験値《ち》は並々ならぬものになっている。ライムは論外として。

「ライム、なにか知らない？　グレンが来なくなった理由を……」

「……ひゅー。ふひゅ」

　ライムが下手な口笛を吹いた。

　全身が不定形生物であるライムには、唇を震わせるという動作が難しいのかもしれない。口でふひゅ、ふひゅと音を出している。

「ちょっと？　ライム？」

「い、いえ、私は！　私はなんにも知らないデスよ！」

「誤魔化《ごまか》すのが下手ね貴女《あなた》は……何を知ってるのよ！」

　サーフェが尻尾《しっぽ》で摑もうとするが、ライムはじゅるると抜け出してしまう。逃げ出しながらサーフェのほうを見て。

「……サーフェちゃん、怒らないデス？」

「その聞き方、絶対怒るやつじゃないの」

「サーフェちゃんのお怒りを受け止める自信がないデスーっ！　サーフェちゃんはグレンくん大好きなのに……あんな噂《うわさ》……アワワワワ」

「えっ、なっ」

サーフェが。

顔を赤くして目を逸《そ》らす。腕を組み、もじもじとした仕草《しぐさ》――まだ若いサーフェは、自分の恋心を、周りに隠せているとばかり思っていた。

「わ、私はその、グレンとはそういうわけでは――確かに、その、後輩として可愛いなと思うことはあるけれど……！」

「いやー……イヤイヤ、サーフェちゃん、今更《いまさら》その誤魔化しは通用しないデスよ。好きなんでしょ、グレンくん」

「う、うるさいわねっ！　とにかくそういうわけじゃないの！」

サーフェは尻尾をぶんぶんと振る。

ライムはそれをじとっとした目つきで見つめた。あれだけグレンを可愛がっていて、どの口が言うのか――という顔つき。

「……じゃあ、絶対、怒らないデスね？」

「ええ。もちろん、ただの先輩後輩だもの」

「実は——……デスね。グレンくんは授業の後、とある生徒……女子学生が使っている部屋に向かっている……という目撃情報が、多数ありましてデスね」

「なっ……なんですって——————ッ！」

がらがらがらがらがらがら！

サーフェの尻尾がけたたましい音を立てる。

「ひぇえええッ！　やっぱり怒ったデス！」

「怒って！　いません！　いませんけども！」

「そこはもう認めちゃっていいんじゃないデスかねぇ⁉」

ライムが球状になって、跳《は》ねるように研究室の隅《すみ》に逃げる。

「女子学生って誰⁉　どういうこと⁉」

「ひええ！　あくまで噂デスー。私も直接見たわけではないのデス！」

ぷるぷる震える緑色の不定形生物を見て、サーフェは尻尾を収めた。ライムに怒っても仕方ないという事実に今更ながら気づく——サーフェはひとまず息を吐いた。

「……詳《くわ》しく聞かせて」

「だから、詳しくはわからないんデスってば。昆虫系魔族の生徒と仲良さそうに話しているとか……あっ、嘘《うそ》デス嘘。仲良さそうかどうかマデは！」

「いえ、大丈夫よ。——とにかく、グレンはこの研究室ではない、どこかに通っているというわけね」

「そうデスね」

　ボールだったライムがにゅるん、と人型に戻る。

「グレンのような優秀な生徒がいれば研究室の研究は進む。だから他の医学部生が、グレンに声をかけることは有り得ると思っていたけれど」

「目撃されているのは女子生徒、ということくらいしかわからないデスね。学部や学科はさっぱりデス」

　はっ、とライムが目を開いた。

「出張診察!?」

「ああ、なるほど。研究室に来れない生徒さんもいるかもしれないものね」

「先日のベルメールさんも、学部長に知られないようにこっそり来てマシタからね」

　ベルメールにはまた、診察を受けていることを学部長に知ってもらいたいという思惑《おもわく》もあったのだが――それをライムが知る由《よし》もない。

「納得いきマシタね！　出張診察ということデ！」

「そうね。真面目《まじめ》なグレンのことだもの。それしか考えられないわ」

「疑問が解けたようでなによりデス！」

　あはは。

うふふ。

ライムとサーフェが二人で笑い合う。

「それでは……今日の私はこの辺《あた》りで……」

「待ちなさい」

サーフェが、その長い尻尾で研究室の扉を遮《さえぎ》る。いつの間にか手には薬瓶《くすりびん》——乾燥剤がたっぷりと入った瓶を持っていた。それをちらつかせつつ。

「ひ、ひぇぇ！　乾燥剤はスライムには劇薬デス！」

「わかってるわよ。ぶっかけたりしないわ——ただ、ライムにはもっと調べてもらいたいことがあるのだけれど……？」

「ひいいい！　やりマス！　やりマスからしまってデス！」

全身をぶるぶると震わせて怯《おび》えるライム。

もちろんサーフェとしても本当に乾燥剤をかけるつもりはないので、早々に棚にしまった。

「グレンのことを信じているわ。変な女と親しくなったりしないって。でも……」

「付き合ってもないのに、よくそんなことが言えるデスねサーフェちゃん」

「いいの！　とにかく！　その変な女の噂をもっと集めておいて！　その昆虫系魔族の生徒、私も調べておくから！」

「りょ、了解デス！」

ライムは敬礼する。

顔の広い彼女に任せておけば、ひとまずは安心だ。もちろんサーフェもその泥棒猫《どろぼう》――いや猫とは限らないが――謎の魔族に関しては調べておかねばなるまい。

「あくまで研究室のためですからね。グレンのことも心配だけど――私自身の感情は関係ないのよ。ライム？　わかった？」

「ハイハイ、そういうことにしておくデスよ」

「ちょっと！」

「それでは私は噂を集めてくるので、これで失礼～～～ッ！」

また脅《おど》されてはたまらぬとばかりに、ライムは逃げていく。扉の隙間《すきま》から外に出れるスライムの身体は本当に便利だ、と思うサーフェ。

「まったくもう……」

サーフェは。

研究室に誰もいないことを確認してから――自分の髪をいじる。

「グレンが好きとか……本当に、そういうのではないんですから……」

サーフェンティット・ネイクス。

後に、薬学に関してはアカデミー始まって以来の才媛《さいえん》と謳《うた》われることになる彼女も、この時はまだ十七歳。

再会したばかりの幼馴染《おさななじ》み――それも年下の少年グレンへの、淡い恋心を認めるには、彼女もまた若すぎる年齢なのであった。

一方、グレンは。

毎日毎日、フソゥの世話に追われていた。というのも――フソゥは、本当の意味でなにもできない。いや、やろうとしない。

炊事《すいじ》。洗濯。掃除まで。

身の回りの世話とフソゥは言った。足の悪い彼女のために、グレンは少し手伝いをするくらいだと思っていたのだが――違った。世話とはつまり、フソゥの生活における雑務すべて、という意味だった。

「ふぅ」

フソゥは一息つきながら、グレンが淹れた東方の茶を飲んでいる。

部屋は掃除をせず散らかりっぱなし。洗濯ものは部屋の隅に積まれている。食事も自分からは積極的にとろうとはしない。ぐうたらの見本のようなフソゥであるが、なぜか当人は一国の姫のような悠々《ゆうゆう》とした態度を崩《くず》さない。

部屋の隅に山と積まれているのは、服飾科の勉強に用いるのだろうテキストであるが、埃《ほこり》を被《かぶ》っている。一方で、フソゥの手作りらしい絹の衣装も部屋には散らばっていた。服飾に関しては、もはや学ばなくてもよい、ということなのだろうか。

部屋には下着さえ散らばっている。

「っ……」

脱いだばかりの下穿《したば》きをグレンに拾われても、フソゥは気にした様子もない。以前にも大丈夫か聞いたが、特に顔色も変えず『洗っておいてくださる？　ね？』で済まされてしまった。まだ若いグレンには刺激が強すぎる。

（家政学部……なんだよね……？）

グレンは首を傾げながら、フソゥから命じられた部屋の掃除に勤《いそ》しんでいる。

（いや、それにしても……）

家政学部は、主として使用人の養成を目的とした学部である。

メイドや執事《しつじ》など、高貴な身分に仕《つか》える職に必要な知識が学べる。卒業すれば就職の斡旋《あっせん》もしてもらえるので、手堅い学部と言える。もちろんここで得た技術で、自前の店を開いたり、最近、話題の服飾商社『荒絹縫製《あらぎぬほうせい》』に就職するのも可能だろう。

家事に限らず、掃除炊事洗濯などのエキスパートを育てる家政学部であるのだが――。

「グレン様。お茶が濃いわ。濃いお茶は苦手なの」

「えっ……あ、す、すみません」

「いいのよ。次からは気をつけてね。ね？」

フソゥの部屋に通うグレンは、この通り。

どう見ても主《あるじ》がフソゥであり、仕えているのはグレンだ。

（まいったな……）

ほどほどにフソゥの言うことを聞いてあげれば、彼女は満足することだろう――とグレンは思っていたのだが、甘かった。

「うふふ♪」

フソゥはグレンを眺《なが》めて、にこにことしている。

フソゥにとって、人間とは、無条件に自分に奉仕《ほうし》してくれる素晴らしい種族であるようだ。

その認識の歪《ゆが》みが恐ろしい。

「あの……フソゥさん」

「なあに、グレン様？」

呼び方は丁寧《ていねい》なんだけどなあ――と思うグレン。

「申し訳ないのですが……仕事が多すぎるような気がして」

「そう！　そうなの！　喜んで、グレン様。私ね、グレン様のためにね、いっぱいお仕事を用意したのよ。部屋も絶対に片付けないのよ。お仕事たくさんあって嬉しい？　嬉しいわよね？だって人間様は、オシラサマの、私のお世話をするのが嬉しいのだものね？　ね？」

「………………――」

グレンは言葉を失い、なにも言えなくなってしまう。

一事が万事、フソゥはこの調子である。

かつて、人間が手を加えることで生まれた、カイコガに似た特徴を持つ一族——オシラサマであるが、フソゥ自身は人と一緒に暮らしていた時代を知るわけではない。

だが、だからこそ、フソゥは人間に対してのおかしな認識と、憧《あこが》れが同居しているように見える。人間を自分たちに都合のいい存在と解釈して、しかもそれを一方的な搾《さく》取《しゅ》ではなく、両者にとって理想的な関係なのだと思い込んでしまっている。

グレンは頭を抱えたくなる。

フソゥに対してどう接するのが正解なのか、グレンはまったくわからなかった。そもそもグレンは、サーフェ、ライム以外の生徒とは、研究室への来客として接することがほとんどだったのであるから——。

「グレン様がいっぱいお世話してくれて嬉しいわ。毎日来てくれて嬉しいわ。本当よ、ね。ね？」

「は、はあ」

来なければなにをされるかわからなかった——とはとても言えない。

だが、はっきり言ってグレンは家事などしたことがない。実家でも勉強ばかりであった。

今では寮暮らしなので、多少は自分でやっているものの、時間もかかるし要領も悪い。家政学部のフソゥから見れば文句をつけたくなるだろう。

毎日、あれができていない。これが足りていないと言われる。

そして、翌日も当たり前のように呼ばれる。

医学部の学生として日々、膨大《ぼうだい》な量の勉強をこなさなければならないグレンにとって、その負担は相当なものだ。事実、フソゥのもとへ通うようになってから、研究室に足を運ぶことができないでいる。

研究室では、魔族の身体を診察することで学ぶことも多いし、空《あ》いた時間があれば勉強もできる――授業の後、フソゥの世話で一日が終わってしまうより遙《はる》かに有意義だし、学生として健全であろう。

「……あの、フソゥさん」

「なあに。グレン様。手が止まっているわよ？」

「申し訳ありませんが、お世話をするのは、今日で終わりにさせていただけませんか？」

「え……」

そんなこと考えもしなかったとばかりに、フソゥは悲痛な表情で目を見開いた。

「え――何故？　何故？　どうしてそんなことを言うの？」

「何故って……いえ、僕にも生活があります。僕は医者になるという夢があるので、それを叶《かな》えるためにこの学校に来ていますから……」

「そんな、そうだったの？　てっきり私のお世話のために来てくれているのだとばかり」

すごい曲解だ。

今まで会ったこともなかったのに、どうしてそんな考えができるのだろうか。そもそも無理やり部屋に引きずり込んだのはフソゥである。

「勉強もあります。研究室での活動もあります。僕はここでずっとフソゥさんのお世話をするわけにはいきません」

「そんな……そんなのダメよ！　グレン様はずっと傍《そば》にいてくれないと！　人間様は、糸を吐けなくなったオシラサマをいつまでも世話してくれるのよ。そうして生きていくの。そうしないと、オシラサマは生きられないのよ」

フソゥは。

足を引きずりながら、グレンに抱きついてくる。取りすがるようにして体重をかけて。

「っ！」

今にも泣きそうな顔で、グレンもろとも引きずり倒した。

今日まで観察していたが、足が悪いというフソゥの言葉は嘘ではない。彼女が二本の足で立ったところは見たことがなかった。

だが――それなら、今までは？　グレンと出会うまではどうしていたのだろうか。

「そうだわ。そうだわ。まだお仕事があるの。大事な仕事。そうよ。それをしましょう。グレン様もきっと喜ぶわ。出て行こうなんて言いたくなくなるわ。ね。ね？」

「仕事……？」

「子作り。子作りをしないと」

屈託《くったく》のない笑顔で、フソゥが告げる。

「……はい？」

「子供は大事よ。だってオシラサマは子供しか糸を吐けないのだもの。成長したら糸は出せないのだもの。だから子供を作るの。基本的にはオシラサマ同士で子供を作るけど、人間様とも子作りができるのよ。知ってた？　だから里でどうしてもいい相手がいないときは、人間様とオシラサマが結婚したのよ。私のおばあ様のおばあ様のおばあ様も、そうだったんですって。素敵《すてき》な話よ。ね。ね？」

伝承《でんしょう》にもあった。

とある農家の娘が、神であるオシラサマと結婚してしまう昔話だ。そのためかオシラサマは夫婦一対の神と言われることもある。それもまた、人間がオシラサマと子供を作った歴史によるものかもしれない。

「ね。ね？」

フソゥは。

自分から着物の胸元を緩《ゆる》めていく。豊満なフソゥの胸元が見える。思春期のグレンにとってはその白く魅力的な身体から目を逸らすのは難しい。

いけないとは思いつつも、目が吸い込まれる。

「ふふふ……♪」

熱い吐息《といき》を感じた。

フソゥの身体は既《すで》に昂《たかぶ》っているようだった。

「さあ、子を生《な》しましょう。グレン様。ね？」

グレンはぞっとする――彼女は人間との子作りを、間違いなく善だと信じている。

だがフソゥの話によれば、人間はオシラサマのことを家畜として扱っていた。オシラサマと結婚することになった農家の娘も、その父親は激怒している――家畜との婚姻《こんいん》は、たとえ共生していた当時でも認められなかったのではないか。

（……子供は作れるのだろうけど、それは本当に、両者が望んでいたことなのか？）

オシラサマ同士で子を作ればいい。何故それをしないのか。

人間と子供を作るということは――つまり相手がそれほどにいないということ。それでも糸を吐く子供が欲しいから、望まぬ人とオシラサマを結婚させたのでは。

――そこに本当に愛や慈《いつく》しみはあったのだろうか。

糸を吐くオシラサマを丁重《ていちょう》に扱いはすれど、その根本にあったのはあくまで畜産という利益と、魔族への差別意識だったのではないか。本当に、対等の関係で過ごしていたのであれば、

人間はオシラサマを家畜とも、神とも扱わないはずなのだ。

（……やめよう）

考えすぎると、人間であるグレンは自分のことを嫌いになってしまいそうだ。

今はあくまで、フソゥとの関係をどうするか、ということに集中すべきだ。

「子供は作りません」

「なぜ？　なぜ？」

「そういうのはですね、本当に好きな人と……」

「私、グレン様好きよ。だぁい好き。ほかの人は嫌だけど、グレン様だったらいくらでも子供を産めるのよ。オシラサマはもうだいぶ数が減ってしまって、魔族領の隅でひっそりと生きている種族でしかないの。だから子供を作りましょう。種族を繁栄《はんえい》させて、一緒に暮らしましょう。ね。ね？」

フソゥが、衣服の裾を上げる。

真っ白い太ももが、グレンの目を奪う。足が悪いというのに――いや、そのせいで運動不足だからこそか。白くふっくらとした彼女の身体は肉付きがよく、グレンもどきりとせずにはいられなかった。

だが――。

「それは……その、僕が人間だから、ですよね」

「もちろん、そうよ」

確認をすれば、当たり前のこととばかりの返事。

それでグレンの心は、冷水を浴びせられたようになる。結局、フソゥが見ているのはグレンの種族だけなのだ。

確かに人間と魔族でも子供は作れるが、グレンをあくまで『人間様』としか見ていないフソゥの誘いに乗りたいとはとても思えなかった——フソゥの肉体がどれほど魅力的であっても。

——襟元の、白いモフモフとした毛がどうなっているのか、興味のあるグレンだが、それとこれとは別だ。

「フソゥさん、先ほども言った通り、僕の夢は医者になることです。そのためにはこのアカデミーでしっかりと勉強して、クトゥリフ先生から卒業を認めてもらわなくてはなりません。一緒に暮らすことはできません」

「そんな……ひどい、ひどいわ。裏切りだわ。こんなのってないわ」

フソゥはさめざめと泣く。

顔を覆って涙を流す彼女であるが——演技が下手なのか、顔を隠しながらもこちらをちらちらと窺《うかが》っているのがグレンでもわかった。

普通の男であれば、フソゥに対していい加減にしろ、と一喝《いっかつ》してもおかしくはない。一方的に拉致して、自分の身の回りの世話をさせ、それを断ったら泣き出して裏切りだという。身勝手な行いをしているのはすべてフソゥのほうだ。

だが。

グレンは芯《しん》の部分で、お人好《ひとよ》しであった。ここまでされてもなお、フソゥを完全に見捨てることはできなかった。

フソゥの行いに呆《あき》れてはいても、彼女を悪人とまで断ずることはできないのだった。

「提案があります……」

「？　なあに、なにかしら？」

「僕はまだ医者ではありませんが、診察の練習……のようなことをしています。ですから、ここに通い続けることはできませんが、足を診察することで、フソゥさんのお力にはなれるかもしれません」

「無理よ」

フソゥの翅がぱたりと動く。

頭頂部から伸びた翅が、彼女の感情を示しているようだった——しかし、どんな感情だろうか。

怒りか、悲しみか。それとも別の何かか。

「無理よ。お医者様でも無理よ。私の足は生まれつきなのだもの。病気でも怪我《けが》でもないのだもの。お医者様でも、生まれた時から悪い足を治療はできないはずよ。ましてやグレン様は、まだ勉強中なのでしょう?」

「それは診てみなければわかりません」

「いいわ」

フソゥが座ったまま、足を差し出してくる。

「私の足は遺伝による病《やまい》で弱っているの。グレン様でも治せるとは思えないわ。けれどね、でもね、グレン様が望むなら差し出すの。足でも、体でも、心でも」

「……」

フソゥの重すぎる想いに、グレンは体を固くする。

「ただ……グレン様? 治せないとわかったらどうするのかしら。その時こそずっと一緒にいてくれるのかしら。自分の足では歩けもしないオシラサマを、人間様であるあなたが、ずっと助けてくれるのかしら」

「……それは」

治療できないものはある。

医療の限界はあるし、生命の限界もある。治せないことを条件にされても困る。

「全力を尽くします」

「お願い。お願いね。もちろん私はグレン様を信じているわ。とても信じているのよ。けれど、けれどね――」

足を差し出したフソゥは、襟元の毛で口を隠しながら、グレンをじっと見つめてくる。

「治療がだめだとわかったら……グレン様は、人間様の務めを果たしてくださるのよね。ね？」

「…………僕は夢を諦《あきら》めません」

「もちろん諦めなくていいのよ。そうだ。そうだわ。医者として私の世話をしてくださってもいいのよ。ずっと。ずうっと。ずうっ…………と、ね」

フソゥの瞳《ひとみ》には。

家畜として生み出されたオシラサマの、数千年、あるいは数万年にわたる情念が宿っているような気がした。そこにはもはや善も悪もない。悲哀《ひあい》も憎《にく》しみもない。ただただ、フソゥがオシラサマとしてしか生きられないという、なによりも厳然たる事実があるだけ。

だが、その事実がなによりも残酷だ。

「……全力を尽くします」

グレンは同じ言葉をもう一度繰り返した。

「お願いね。ね？」

フソゥは足を差し出したまま、うっすらと微笑《ほほえ》むのだった。

「失礼します」

座布団《ざぶとん》に座り、改めて足を伸ばすフソゥ。

グレンは膝《ひざ》をついて、彼女の足を診察する。フソゥは着物の下に、赤いスカート型の衣装を身に着けていた。なるべく彼女の太ももを見ないようにしながら、まずはふくらはぎに触れていく。

「ん……ぅ」

フソゥがわずかな呼気《こき》を漏《も》らす。

筋肉が弱い。

フソゥの足に触れたグレンの感想が、まずそれだ。しかし決して肉付きが悪いわけではなく、脂肪《しぼう》によるふっくらとした肉の感触が伝わってくる。肉体が貧弱というわけではないのだが、筋肉が足りない——何故か。

「んっ、ふ、んんぁっ」

（糸を吐くための……栄養を蓄積するのに特化した身体……）

オシラサマはもともと筋肉より脂肪がつきやすい肉体なのかもしれない。

ただ、それが行き過ぎている——つまりフソゥのように、極端に筋肉量が足らず、自分では立てないような身体になってしまった。

グレンはむにむにと、彼女の足に触れていく。筋肉の形、脂肪の量、骨の強靭《きょうじん》さなどを確かめていく。

「ひゃっ……んひゃん、あっ」

　フソゥは声をあげる。

　少々過剰《かじょう》な演技にも思える——まだ子作りを諦めていないのだろうか。体をくねらせるその媚態《びたい》。

　だが、グレンは劣情も覚えず、真剣にフソゥの足を見ていた。

（この足……鍛《きた》えてなんとかなる、だろうか？）

　それを信じたい。

　しかし、とグレンは思った。目の前のフソゥは極端な運動不足で、それを改善する気配もない——もし筋肉量を増やして改善するとしても、生まれつき筋肉がつきにくい身体だとすれば、どれほどの鍛錬《たんれん》が必要になるか。

「すみません。もう少し強く触りますね」

「え、ええ、いいわよ……ぁんっ」

　フソゥは赤い瞳を潤《うる》ませてグレンを見てくる。

　単なる触診ではなく、その先を期待しているようにさえ思えた——グレンは努めて、診察だけに集中する。

「申し訳ありませんが、太ももにも……」

「ええ、もちろんいいわよ。もちろん。ね？」

　グレンは手をのぼらせて、フソゥの太ももにも触れていく。

柔らかくぷにぷにとした感触。やはり脂肪が多めのようだ。体質なのだろう。

「んっ、んぁ……あんっ……！」

「すみません、少し強めに触りますね」

「え、ええ、いいわよっ……ひゃんっ」

フソゥの身体が跳ねる。

ふっくらとした足は、一見すれば栄養状態が良く思える。しかしそれは、体内に栄養を貯《たくわ》えることに特化した肉体だからなのだ。

自立した生活を送るのに適さない肉体――家畜化である。

「んぁ……うひゃん……ひゃ、あふっ……！」

「あ、すみません。くすぐったかったですか？」

「大丈夫、大丈夫よっ……あっ、ひゃぁうんっ」

先ほどの子作りどうこうの話もあって、フソゥの着物は乱れたままだ。だがそれを直す気はないらしい。

フソゥの声、態度、見た目。全てが官能《かんのう》的な色を帯びていく。子作りに繋《つな》がりそうなその空気だが、グレンはひたすら、フソゥの足のことを気にしていた。

しかしフソゥの反応は増していく。

「んっ、ぁうっ……んあ、はぁ……！」

吐息が熱い。

グレンが努めて無視をしても――フソゥの熱い声は止まらない。

「フソゥさん、すみません、もうちょっと我慢《がまん》を――」

「え、ええ。わかったわ。我慢するのよ。あっ、ひゃあっ……んっ、くぅ」

フソゥが着物の袖《そで》を噛んだ。

声が出ないようにするためだろうか、しかしそれが逆に、足を触れられるフソゥの感度の強さを示していた。

「んんっ、んぐっ、んむっ……！」

グレンはフソゥの足を確かめるように触っていく。やわらかな太ももに触れ、その奥の骨の強度を確かめる。

「んぐっ……むぐっ、あっ、ひゃんあぁぁ……あっ、ダメ……！」

ひときわ強く、グレンがフソゥの内またに触れた。

グレンにはわからないが――そこがフソゥの『ツボ』であったらしい。

「んっ、んんっ、んあああああぁぁぁあ――――ッ！」

「っ！」

フソゥの身体が跳ねる。

噛んでいた着物の袖は、すでにべっとりと、彼女の涎《よだれ》で濡《ぬ》れてしまっていた。

「あ、あの、フソゥさん……大丈夫ですか？」

「んんっ、あ……だい、大丈夫よ。ね、ね……？」

とろりとした目線で、フソゥはグレンを熱く見つめるのであった。


「どう、どうだったかしら？」

診察を終えて、フソゥは着物を直し、袖の涎も拭《ふ》き取り、居住まいを正す。

かなり乱れた様子であったが——そんなことはおくびにも出さない。

（診察、は——）

グレンは内心で呻《うめ》く。

結論は出ていた。

フソゥの足——体質は、グレンではどうにもならない。遺伝的形質であれば治すのは難しいだろうと思われた。

あるいはフソゥ自身が克服しようとすれば、多少は筋肉を増して改善することはできるかもしれない。まったく歩けないわけではない。しかし——。

（フソゥさんにおそらくその気はない……）

例《たと》えばチェルベのような、引き締まった運動家の肉体とはまったく違う。

むちむちとした肉体であるが、肥満《ひまん》体のようなだらしなさがあるわけではない。栄養を貯えること、そして――おそらくであるが、異性にとって魅力的な容姿であること。それが、オシラサマが家畜化するうえで獲得した形質だ。

だから脂肪は多くとも、肥満体ではない。余分な栄養は例えば太ももとか、胸にいくのだろう。和装でもはっきりとわかるその膨《ふく》らみを、グレンはついつい目で追ってしまう。

「――こちらも、触る？」

フソゥが微笑みながら、胸を持ち上げた。せっかく直した着物を、ともすれば乳房《ちぶさ》の先端まで見えてしまいそうにする。

「っ。い、いえ、結構です」

「そう？　触りたくなったら言ってね？　いつでもいいから。ね。ね？」

誘惑は底なしだ。

異性として魅力的であること。それはオシラサマにとって重要であったのだろう。魅力的でなければ、人間に世話をしてもらえない。

だからこそ、いけないと思ってもグレンは目を離せない。

「グレン様？　それで、診察の結果は？」

「……はい。その、ですね。この足で立てるようになるには難しいと思います。やはりこれは長い時間をかけたトレーニングを……いえ、そうしても、もしかすると杖《つえ》などの補助がいるかもしれません」

グレンは目を伏せて、そう告げる。

「力及ばず申し訳ありませんが」

「いいの。いいのよ。そんなのどうでもいいの。だって足が悪ければ、グレン様はずっといてくれるんだもの。そうでしょ。ね。ね？」

「……ぅ」

グレンは呻く。

フソゥの全ては、人間に手助けされるためにある。手助けされるために弱くなったのか、弱いから助けてもらったのか――いやそれはもう、わからないことだが。

ただ、グレンに言えるのは。

（違う……）

確かにフソゥは、美しい女性だと思う。守ってあげたい、手を貸してあげたいと思える、そんなあどけなさもある。けれど。

（そうじゃなくて……）

グレンは考える。クトゥリフの言葉を思い出す。医師を目指している自分に、なにができるか。

「いいえ――やはり僕は、ここにいられません」

「そんな。何故？　どうして？」

「フソゥさん自身に治す気がありません。もちろん全ての病気を治すことはできませんし、フソゥさんのような遺伝的形質を完全に克服するのも難しいです。けれど、けれどですね……」

グレンは。

目を逸らしたくなりながらも、フソゥの顔をまっすぐに見た。

「――怪我や病に困り、抗《あらが》おうとする人を助けるのが、医者の役目です。フソゥさんにはその気が一切ありません。いや、それどころか、このままでいいとさえ思っている。そうだとすれば、ここに僕のできることはないんです」

「……そんな」

フソゥの目が、絶望に染まる。

たとえばこれが、単に治療を怖がる、嫌がっているだけの患者であれば違うだろう。グレンは多少強引にでも処置をするか、説得をするか、あるいは別の方法を考えるか――とにかくグレンは医者としてまだできることがある。

だが、フソゥの場合は同様には考えられない。

治療自体を嫌がっているわけではないのだ。足が悪いままの自分でいいと考えている。それは、医者を必要としないという宣言に他ならない。

「医者が必要ないと仰《おっしゃ》るのであれば、僕は他にやるべきことがあります。フソゥさん、申し訳ありませんが――ここでお暇《いとま》させてください」

「酷《ひど》いわ」

フソゥは。

四つん這《ば》いになって、グレンに近づいてくる。ずりずりと足を引きずりながらも、その目には確かな力が宿っていた。

だがその力は負の感情だ——恨《うら》み。憎しみ。悲しみ。特定できない様々な感情が、奔流《ほんりゅう》となってグレンに向けられている。

「酷いわ。酷いわ人間様。グレン様。私がこうなっているのは全部人間様のせいなのに。人間様と一緒に生きていくために、糸を吐くためだけの種族になったのよ。だからオシラサマは身体が弱いのに。それなのに見捨てるの——？　裏切るの——？　ねえ。ねえ。ねえ？」

「っ」

暴力はない。

激昂《げっこう》もない。

だがグレンは、生まれと種族を理由に容赦《ようしゃ》なく殴られているように感じた。グレンが人間であり、自分がオシラサマであることを、フソゥはためらいなく宿痾《しゅくあ》だとして咎《とが》めてくる。

グレンは医者としての立場から話すことはできる。

だが——。

「フソゥさん。僕は確かに人間ですが——オシラサマと生きた時代の人間ではありません」

「っ……！」

それは残酷な言葉だったかもしれない。

人間とオシラサマの共生を――ある意味ではオシラサマに都合のいい昔話として――夢見ていた。その夢を貶《おとし》める一言であったことは間違いないだろう。

フソゥは目を潤ませる。

内側に激しい悲しみを抱いていながらも――フソゥはあくまで、庇護《ひご》欲をそそる、悲劇の令嬢の姿を崩すことがなかった。連綿《れんめん》と受け継がれた人間としての血に訴えかけるその姿を、グレンは必死で振り払う。

フソゥ自身が意識していなくとも、『守ってあげたい』と思わせること。

それ自体がオシラサマが、家畜になるにあたり獲得した形質なのだ。

「いいえ。ダメよ。ダメなのよ。ずっと一緒にいましょう。私の世話をする。ただそれだけでいいの。お金は大丈夫。オシラサマの糸で編んだ絹地《きぬじ》は、とても高く売れるわ。私たちはお金を吐くも同然なの。私は吐けなくても、グレン様とならこどもはいくらでも作れるわ。糸を吐く子どもはたくさん作れるわ」

「フソゥさん」

「いいわ。いいわよ。見捨てても。私はね、構わないの。人間様が見捨てるというなら、それでも構わないの。だって仕方のないことだもの。でもその時、私はどうなるかしら。一人で生きられない種族が一人になってしまったら……その時はどうなってしまうのかしら」

今度こそ脅迫だ。

お前が世話をしなければ死ぬのだと、フソゥは言っている。それも自死ではなく、ただそういう種族に生まれた宿命だから、死ぬと言うのだ。

「…………――」

グレンは汗をかき、唇を噛んだ。

医者を目指す者として、この場におけるグレンの仕事はない――だがその一方で、死ぬと宣言する少女を見捨てるのもまた、医者志望の学生としてあってはならないことだ。

どうしたらいいのか。

アドバイスをしてくれるものはこの場にはいない。

今更ながらに――研究室におけるサーフェ、ライムの存在のありがたさを思った。彼女たちがいてくれるから、どうすればいいかわからない症例の時も、諦めずに答えを探すことができる。

今のような窮地《きゅうち》にも――そこにいてくれるだけで、グレンはどれほど心強く思うことだろうか。

「ねえ、人間様。グレン様。どうなさるの。ねえ。ねえ。ねえ！」

フソゥは容赦なく迫ってくる。

　今にも噛みつかんばかりの勢いだ――いや、淑《しと》やかな女性であるフソゥがそんなことをするはずがないのだが、切迫した雰囲気《ふんいき》にグレンはそう感じざるを得ない。

「フソゥさん……！　僕は……！」

　自分は。

　どうするべきなのか。

「このままではだめだと――そう思います！」

「っっっ！」

　フソゥの目が怒りに変わる。

　ああ、やっと――怒った。グレンに対して怒った。

　その事実に、グレンは安堵《あんど》した。フソゥが人間様と慕《した》う相手――家畜であれば飼い主にあたる人間に対して、怒りを覚えて反抗できるならば、それはフソゥに、ちゃんと自立した意思と感情があるということだ。家畜ではないのだ。

　良かった――。

　自分に対して怒ることができるなら、きっとこの先でも、フソゥは一人で生きることができる。そんな妙な安堵感を覚えた。

「許さないわ。そんなの、許されないわ。人間様はずっと、ずっと、ずっと、私と一緒にいなくちゃいけないのよ……！」

とはいえ。

フソゥに摑みかかられて、グレンは床に引き倒された。泣きながら怒るフソゥを、グレンはどういう気持ちで見ればいいのかわからない。哀《あわ》れとも自業自得《じごうじとく》とも思わず――ただ、この少女を、どうにかして助けられないものか、と思っていた。

「ねえ、ねえ、ねえ、ねえ！　そうでしょう！　人間様――」

「いい加減にしてくださいね」

暗い部屋に、光が広がる。

グレンにとっては聞き慣れた声が、部屋の中に広がった。急に明るくなるのが苦手なのか、フソゥは『ひゃぁぁ』と悲鳴をあげる。

部屋の扉を開けたのは――。

「グレン。大丈夫？　まったく、しばらく研究室に来ないと思ったら、こんなところにいたんですね。いえ、知ってたけど。知っていましたけど」

フソゥが、部屋の隅へわたわたと逃げる。

足が不自由な割に意外と素早い――やはりこの娘、グレンの助けがなくても生きていけるのではないだろうかと思うほどに。

「貴女が服飾科のフソゥさん？」

「ひぃぃ！　酷い、酷いわ！　いきなり部屋に入ってくるなんて！」

「学校の一室を勝手に占拠《せんきょ》。授業にも出ず、課題もこなさずサボりまくり。家政学部の先生が頭を抱えていましたよ？　というか私たちの可愛い後輩を勝手に拉致しておいて、よくもまあ酷いとか言えましたね？」

蛇《へび》のごとき一瞥《いちべつ》が、フソゥを襲《おそ》う。

それだけでフソゥは言葉を詰まらせた。元来、他者に強く出る性格ではないのだろう――一方、サーフェの眼力は、付き合いの長いグレンさえ竦《すく》ませるものだ。

だがフソゥは――サーフェをきっと睨《にら》み返す。

「そ、そうよ！　私がグレン様を捕まえたの！　悪い!?　それが悪いと言うの!?」

「開き直りですか」

「え、ええ、そうよ！　だって私たちオシラサマは、人間様がいないと生きられないのだもの！　グレン様が必要だったの！　私が生きていくためには、彼が必要なの！　それを求めることが悪いことだというの！　誰がそれを咎めるというの!?　ねえ。ねえ！」

「まったく……」

グレンはサーフェに助け起こされる。呆れた表情ではあるが、サーフェにグレンを叱《しか》る様子はなかった。

「誰も悪いことなんて言ってませんよ。貴女が、他者の助けなくしては生きられないのも、きっと事実なんでしょう」

「なら……！」

「でもそれはグレンだけでは荷が重すぎます。だから——皆で助けましょうか」

がらら————と。

部屋のショウジが次々と引き開けられる。狭い四畳半の部屋に、ずかずかと魔族たちが入ってきた。全て女性の魔族であった。

「あ、あ……」

「やっと見つけましたよ！　フソゥ先輩！」

サソリ型魔族の一人が声をあげる。小柄であるし、先輩という呼び方から考えても、服飾科の後輩なのだろう。

「ほら！　早く課題を仕上げないと！　手伝いますから！」

「い、嫌ぁ〜〜〜ッ！　私はここで悠々自適《ゆうゆうじてき》に暮らすのぉ〜〜〜ッ！　グレン様ぁ、助けてぇ！」

「なに言ってるんですか！　学生の本分は学業！　この私がいるうちはフソゥ先輩に自堕落《じだらく》な生活は許しません！」

学生たちは、慣れた様子とばかりに、フソゥを板に乗せる。板にはタタミが敷かれており、四方の取っ手をとって持ち上げた。まるでグレンの故郷にあった神輿《みこし》である。神輿の中心に据《す》えられたフソゥは、情けなく泣き叫んでいた。

その一連の動きを指揮した少女は、グレンに頭を下げて。

「お騒がせしました。フソゥ先輩は……成績は抜群《ばつぐん》に優秀だし、作る服もすごく凝《こ》っているんですけど、どうもなんというか……サボり癖《ぐせ》というか、基本働きたくないというか」

「はあ」

「あの性格なので、服飾科のみんなでファンクラブを組織して、お世話してるんです。でもたまに勝手なことをして……随分《ずいぶん》と無茶を言われたんじゃないですか？」

「は、はは……」

サソリ型魔族の生徒は、生真面目《きまじめ》な表情で尋《たず》ね、グレンに申し訳なさそうに頭を下げる。

「本人が言うほど、なにもできないわけではないんです。実際、服飾科の寮を抜け出して、和風のこんな部屋を仕立てたりしてるわけですから……」

「どうやったんでしょうか……？」

「他学部の生徒に手伝わせたみたいです。こう、なんというか、人心掌握術《じんしんしょうあく》というか……何も知らない生徒に協力させるのが、フソゥ先輩は得意で……」

それはグレンも痛切に感じていた。

脅迫をされたわけではないのに、グレンは今日までフソゥに従わされていた。同じ手管《てくだ》を他の生徒にもやっていてもおかしくはない。

「ライム先輩のおかげで、私たちもフソゥ先輩を見つけることができました。本当にありがとうございます」

「いえいえ、グレンくんが拉致されたわけデスから、めっちゃ頑張りマシたよ！」

にゅるん！　と姿を現したのはライムだった。

家政学部まで行って、彼女たちを呼んできてくれたのはライムだったのだろう。その顔の広さに頭が下がる。

「いぃいやぁあ！　グレン様ぁ！」

「それでは先輩方、これで——みんな、丁重に運んでね。フソゥ先輩、行きますよ」

「ううぅ、後輩たち……許さないわよぉ……」

「はいはい。恨み言は後で聞きますからね。他学部の生徒に迷惑かけないでくださいな」

服飾科の生徒たちは、フソゥをわっせわっせと運んでいく。フソゥはされるがままだ。足が悪い彼女が輿《こし》から飛び降りることはできないだろうし、これでしばらくはフソゥが服飾科の授業をサボることはないだろう。

「グレン様ぁ！　私諦めませんからねぇぇ！　いずれ絶対に、あなた様と一緒に暮らしてみせるからぁ！　ね！　ね！　ねぇぇぇ……——ッ！」

フソゥはめげない。

強い女性だとグレンは思った。先日会ったベルメールも底が知れない部分があったが、フソゥの底のなさ、芯の強さはそれ以上だ。

「災難だったわね、グレン」

「う、うん……」

「さぁ、患者さんが待っているから、行きましょう。研究室をさぼっていると、単位がもらえなくなるわよ。あくまで自発的に、グレンはこの場所に来ていたわけだから――クトゥリフ先生の温情はもらえないだろうし」

「わかってる――」

グレンは頷《うなず》いた。

師匠《ししょう》クトゥリフは、個人的にはグレンと親交を深めたい旨《むね》の発言をするが、教師としては厳しい女性だ。予想できぬトラブルに巻き込まれていたからといって、採点を甘くするようなタイプではない。

「もう！　私も大変だったんデスよ！　グレンくんが通っている場所にいる謎の女性――どこの何者か調べるのに、アカデミー中駆け回ったんですから」

ぶにょんぶにょんと、ライムが髪を動かして褒《ほ》めろと言ってくる。

「ライム先輩。色々とありがとうございます……」

「なにしろ、手がかりがまったくなかったデスからね。でも情報が何もないまま突撃しても、こじれるだけだと思ったんデス。だから他学部を中心に話を聞きまくって……フソゥさんのファンクラブの方も、フソゥさんを捜していたのデ、それでどうにかフソゥさんを捕まえる算段を決めた感じデス！」

「そうだったんですか……」

外堀を埋めてから実行に移すのは、サーフェの案だろうと思った。彼女はこういう時、意外なほどに慎重派だ。

「そもそも、一人で生きられないなんて嘘なのよ。もうオシラサマは魔族領に一種族として定着している。生まれながらに体が弱いのは本当なんでしょうけど、自分の出身地から、このアカデミーまでやってきたの。周りの助けがあったにせよ、本人が言うほど動けないわけではないはずよ」

「ついでに言うなら、フソゥちゃん、人気者デスね。服飾科の作品が独創的で、熱心なファンは他学部にもいるようデス。本人も強《したた》かですし、はっきり言ってグレンくんに依存《いぞん》する必要なんか全然ないデスよね」

フソゥが運ばれていった廊下を見ながら、二人が口々にそう言うのだった。

グレンはほっとした――グレンが見た、フソゥが一人で大丈夫だという感覚は間違っていなかった。彼女の人間種に対する執着は病的ではあるが、それさえなければ、優秀な一生徒としての生活を送れるはずなのだ。

「ごめんなさいねグレン。もっと早く来ればよかった。まさかこんなにこき使われているなんて」

「い、いや。大丈夫だよ。確かに慣れないことばかりだったけど――フソゥさんのことも知れたから……」

「……グレン？」

グレンは考えている――。

フソゥになにかしてあげられることはあるだろうか。身の回りの世話はできなくとも、足の不自由な彼女に、なにか。

「ねえ、グレン。あなた、まさかとは思うけど」

「え？」

「フソゥさんの治療をしようだなんて……考えていないですよね」

グレンは答えない。

治ろうとする気力のないものに医者ができることはなにもない。しかし、フソゥがもしいつか、その気力を得ることがあるとすれば――。

グレンにできることは、まだきっとあるはずだった。

「まったく、もう」

サーフェはぷりぷりと怒っている。

そんな様子も可愛らしいな、とライムは思う。後輩のグレンに対する感情は、医学部で誰も寄せつけない、冷たい印象だったサーフェを、普通の女子のように見せていた。

ライムは、クトゥリフ教室では古参《こさん》だ。

とある理由によって、クトゥリフからは随分と信頼されているし、クトゥリフの研究の助けもしている。

だがクトゥリフは——口には出さないが——サーフェやグレンのような、『まっとうに勉強のできる弟子《でし》』も欲しかったのだろう。二人を随分と可愛がっているように見えた。

とはいえそれに嫉妬《しっと》したりはしない。

皆が皆、夢や目標に向かって努力できる環境は素晴らしい。ライムにもまた、クトゥリフから課せられた役目がある。

「フソゥさんのために杖を作るなんて……どう思う？　ライム」

「いいんじゃないデス？　グレンくんらしいデスよ」

研究室の隅には、作りかけの松葉杖《まつばづえ》があった。

腋《わき》と腕の力で下肢を支える松葉杖であるが、研究室に置かれているそれはまだ横木が入っていない。グレンはフソゥの体格に合わせた試作品を用意してから、それをネメアの街の職人に作らせるつもりらしい。

予算は、服飾科の生徒たちでカンパしたとか。

「杖を作ってあげても、本人に使う気がなければ無用の長物デスものね。フソゥちゃんにしっかり自立する意志がないと……そういう意味でも、グレンくんがフソゥちゃんに贈るには最適なんじゃないデス？」

「それは……そうだけど……でも」

サーフェは納得がいかない様子だ。

ライムは訝《いぶか》しむ。グレンはまだ未熟な部分もあるが、医者を目指すための知識と情熱は十分だ。なにを気にしているのだろうか。

「あのカイコガ女は！　グレンを拉致して勝手にこき使ったあげく、グレンに子作りの提案までしたのよ！　そんな相手のために……！」

「アー、ははーん？　きしし」

そこがポイントなのか、とライムは笑う。

「大事なグレンくんを取られそうになって、怒っているんデスね。そんな女に治療なんかしてやるものか！　と」

「え……はっ！　い、いや、違うから！」

「隠さなくていいデスよぉ！　正直、私もフソゥちゃんはどうかと思っていマスから。オシラサマの種族を盾《たて》に、人間であるグレンくんを奴隷《どれい》にしようとしたわけデショウ？」

「フゥさん本人がそれに罪悪感を覚えているとは思えないけど、グレンから聞いた話が正しいならば——そうね」

家畜の種族であったオシラサマ。

共生していた時代が遙か昔であったとしても、フソゥはそこに夢を見て、グレンを巻き込んだ。その身勝手さは許されるべきではない。ないが——。

「グレンくんはそんな彼女も、治療してあげたいと思ってしまったんデスね」

「……そんなことあるのかしら。チェルべさんの時は、もっと冷たかったのに」

「きしし。グレンくんも成長した……いいえ、もしかすると、現在進行形で成長しているのかもしれマセンよ？　オシラサマの話を聞いて——なおさらそう思ってしまったのかも」

オシラサマと人間のことは、過去の話だ。

だがグレンは、それはそれとして、今グレンにできることをフソゥにしてあげようとしている。その一つが杖を作るということであり、家畜と主人ではない、新しい関係をフソゥと築こうとしている。

フソゥがそれに応《こた》えるかどうかは、また別の話であろうが。

「天性の医者の才能デスねえ」

「——そうね。心配になるほどに」

サーフェの表情は硬《かた》い。

ライムにもその気持ちはわかった。直接的な暴力ではないものの、自分に危害を加えたフソゥでさえ、気にかけてしまう。助けてしまうグレン。それは自分の身を顧みない行為である。見ているほうは、それは当然心配だろう。

「だからこそ、私たちがちゃんと見守るしかないデスね」

「……そうね」

「先輩としてちゃんとしていきマショ。そうですね、とりあえず後輩を取られて嫉妬したりしないヨウに」

「してないわよ！　嫉妬なんて！」

バレバレの嘘に、ライムが苦笑してしまう。

意地悪くきししと笑ってみせると、サーフェが怖い顔で睨んできたので、ライムはぴゅるんと物陰《ものかげ》に隠れたのだった。

サーフェの心をかき乱すという点において、フソゥ以上の強敵はいないかもしれない。

「……ライムは？」

「ハイ？」

「ライムは、グレンが取られて、なんとも思わなかったの？」

真剣なトーンに、ライムは沈黙してしまう。

（アー……これハ）

ライムは顔が広い。どんな相手ともすぐ仲良くなれる。

その理由は、天性の察しの良さだ。ライムは相手がどのように考えてものを言っているのか、それを察する能力が抜きんでていた。魔族の中でもとくに異質な生物だからだろうか——彼ら彼女らの感情は、ライムから見れば稚拙《ちせつ》な表現に見えている。

ゲル状の肉体を震わせない感情コミュニケーションは、しかし擬態《ぎたい》を得意とするスライムにとっては見抜きやすいものだった。

特に今のサーフェはわかりやすい。

ライムが——研究室でグレンと一緒に過ごす女子生徒が、恋のライバルになり得るのか否《いな》か。それを計ろうとしているのだろう。

「それはもちろん、ちょっとは嫉妬しマシたよ！」

そこまで一瞬で考えてから。ライムはその場に相応《ふさわ》しい顔を作る。

「大事な後輩、取られたくはないデスからねー！　だから真相がわかったときは、ファンクラブの子たちに声をかけて、ばっちりグレンくんを取り返したじゃないデスか！」

「そ、そうね……」

「でも、マァ」

ライムは再びきししと笑って。

「後輩くんにホの字のサーフェには、負けちゃいマスけどねぇ」

「だから！　ライム！　そんなんじゃないってば！」

「いやぁん、怖いデスぅ」

サーフェをからかいながら、ライムはしゅるりと逃げる。可変型の肉体は研究室のどこであってもするりと潜り込むことができる。

これでいい。

サーフェは暗に、ライムが恋のライバルにならないということを理解した。ライムもまたグレンは可愛い後輩であったが、恋愛感情は持っていないということを、サーフェに示すことができた。

これでいいのだ。

（私もグレンくんを気に入ってル――なんて言っても、誰も得はしないデスからね）

ライムは静かにそんなことを思う。

サーフェがグレンを気に入っているように――ライムもまた、グレンのことを憎からず思っていた。誰よりも熱心で、誰よりも優しい、そんな後輩だ。たまにライムに見せるあどけない笑顔を、魅力的に思わないはずがない。

だが。

それは――言わないほうがいいことなのだ。

口にしてしまえば、サーフェとは仲違《なかたが》いすることになるし、おそらく三人での研究室を続けるのも難しくなる。

この恋心の萌芽《ほうが》は、更《さら》に取り返しがつかないほどに成長する前に、閉じ込めてしまうのが一番いいのだ。

いいはずなのだが――。

（…………あア）

この回答を、ライムは後々に後悔することになる。

それは能天気なライムをして、おそらく一生に一度の後悔であり――そしてもう、どうあっても拭《ぬぐ》うことのできないものなのだったが。

この時のライムには、それを知る由《よし》もなかった。

研修4　落ちこぼれのスライム

「いやあまったく、フソゥさんには困りマシタね！」

現在――リンド・ヴルムのカフェにて。

ライムが声をあげてけらけらと笑う。今となっては笑い話として語ることができるが、フソゥの依存《いぞん》体質は、まだ若き日のグレン、そしてサーフェやライムにとってもトラウマものであった。

「本当よ……どんな医者でも、病《や》んだ性格までは治せないわ」

「今どうしてるんでショウね？」

「それがね、フソゥといえば『荒絹縫製《あらぎぬほうせい》』が専属契約を結んだ、指折りの職人なんですって。アラーニャも知っている有名人らしいのよ。今どこにいるかわからないけど、弟子《でし》もたくさん抱えていて、大変みたいよ」

「……グレンくんのこと、知られないといいデスね」

ライムが、緑色の顔色を更《さら》に濃くした。彼女なりの、顔色を変える表現らしい。完璧《かんぺき》に色を変えるまでには至《いた》らないが、緑の濃淡《のうたん》を変えることは可能なようだった。

サーフェは紅茶を一口する。

「飲まないんデス？」

「お酒？　……飲まないわよ。これから診療所に戻るんだから」

「サーフェと言えばお酒！　って感じデスから」

「誰かさんがストレスを増やしますからね」

サーフェがきっと睨《にら》むが、ライムは素知らぬ顔。ふよんふよんとした肉体を動かすことで、サーフェからの圧力を受け流しているかのようだ。

「フソゥさんは自分の人生を生きているようですし、今は人間にさほど執着していない……と、思います」

「希望論デスね」

「うるさいですよ」

サーフェはぴしゃりと言い放つ。

と――どこからともなく歌が聞こえてきた。広場沿いのカフェテリアにはよく響く、ルララの歌声だ。彼女の歌は、リンド・ヴルムの名物になりつつあると同時に、時知らせの役割も担《にな》っている。

彼女が歌うということは、そろそろサーフェの休憩《きゅうけい》も終わりということだ。

「――最後まで話しますか？」

サーフェは気遣《きづか》うように、ライムを見た。ここで終わりにしてもいいと、言外に告げているのだった。

「私とグレン、そして貴女《あなた》。アカデミーで、大勢の患者さんを診《み》ました。一緒に研究室をやっていたけど、グレンにとってはその後のほうが劇的に忙しくなってしまった。だから忘れている……そういうことにしても」

「いいのデス」

ライムが、自分の指を見た。

人の手と同じではない。不定形生物が真似《まね》て形作った、風船のようにふっくらとした指だ。

「サーフェちゃん。もしかしたら私は、あの後起きたことを誰かと話したかったのかもしれないデス。だって、誰にも――本当に誰にも言えなかったから」

明るいライムが、その目を潤《うる》ませる。

今にも泣きそうなのをこらえているように見える。

「そうだったわね。それじゃあ」

サーフェは紅茶をすすって。

「その後の話もしましょうか。そう、きっかけは確か――」

「クトゥリフ先生が定期試験前に、トンデモないことを言い出したからデスね！」

ライムは泣きそうな顔をしていたことなど嘘《うそ》のように、明るい声音《こわね》で、話し始めるのだった――。


ネメア・アカデミーの教室にて。

クトゥリフは教室の檀上で、生徒たちに鋭い視線を向けている。それは未来の優秀な医者を見定めようとする視線であるのだが、なにかにつけて点数をつける彼女の口調もあり、グレンも含めた生徒たちは緊張せざるを得ない。

そして今は。

クトゥリフから大事な通達事項があるとして、授業が終わってもなお、生徒たちは着座したままであった。定期試験の一週間前、どのような通達があるのか、生徒たちはいつにもまして顔が強張《こわば》っている。

「――リンド・ヴルムという都市を知っているものはいるかしら？　知っているものは挙手なさい」

クトゥリフの声。

七割ほどの生徒が手を挙げる。人間と魔族が暮らす都市として有名だった――グレンも当然のように手を挙げた。

「ではそこの代表の名を述べなさい――そうね。ではサーフェンティット」

教鞭《きょうべん》で、クトゥリフはサーフェを示す。指されたサーフェはよどみなく。

「はい。スカディ・ドラーゲンフェルト様です」

「正解よ——彼女は私の友人なの」

はあ、とクトゥリフはこれ見よがしに息を吐いた。

「リンド・ヴルムはまだ新しい都市よ。そのため、魔族を診ることのできる医者が極端に少ないわ。だからスカディは医者を求めている。従来のような、『特定の種族だけ診る医者』でもなく、『占《うらな》いやまじないの混じった伝統的な医者』とも違う、先進的かつ総合的な医療を行える医者が必要なの」

無茶だ——。

グレンは話を聞きながら、とっさにそう思った。この時代において、そんな複合的な医療を行える人材はそういない。例《たと》えばそれこそ、クトゥリフぐらいしか——。

「だから、私は二年後、リンド・ヴルムに行くわ」

「ッ!?」

教室の空気が一変した。

「先生!?　リンド・ヴルムに行くって」「教職は捨てるということですか!?」「俺たちはどうなるんですか！　まだ教えてほしいことが……」

「はいはいはい黙りなさい。これはもう決定事項よ。どうあれ私は、二年後にこのアカデミーを去るわ。これはレオクレス学長も承知《しょうち》のことよ。後任はナイ準教授に任せてあるから、学校に残るものは彼女に教えてもらいなさい」

混乱は止まらない。グレンもまた混乱の渦中《かちゅう》にあった。

クトゥリフが教鞭をとらないということは、驚異《きょうい》的な速度で進級したとはいえ、まだ二年次でしかないグレンも今後は彼女に教えてもらえないということになる。寝耳に水の事態に、グレンは声さえあげられない。

ネメア・アカデミーにおいて、クトゥリフの知識に比肩《ひけん》するものはいない。

その教えを受けられないことは、グレンのみならず、他の生徒たちにとってもそうとうショックなはずだ。

「静かに！　しーずーかーに！　これからが本題よ。私はリンド・ヴルムに行くけれど、だからといってここでの責任を放棄《ほうき》する気はないわ」

ざわついていた教室が静まる。

どういうことか、生徒たちはクトゥリフの発言の意図をつかみかねていた。

「将来有望な生徒には、私とともにリンド・ヴルムへ来ることを許可します。私が開業する病院で、共に働きながら医療を教えてあげるわ。もちろん死ぬほどこき使うわよ。医療に携《たずさ》わる情熱と、実地で学ぶ覚悟のあるもの、そして当然、成績がそれに相応《ふさわ》しいものだけ、私と一緒に、リンド・ヴルムについてきなさい。そして」

生徒たちが息をのむ。

クトゥリフはさらに続けて。

「優秀なものの中でも、更に優秀。この私が認めるだけの知識、技術を修めたものにだけ、リンド・ヴルムでの開業の許可を出します。いい？　一度しか言わないわよ。この中で、私が満点をあげた生徒だけが、医者になるの。まだ一年次、二年次のものは飛び級しても構わないわ——医者になる夢を持つものは、全力でこのチャンスに飛びつくこと。その覚悟がないものは最初からお呼びじゃないわ」

再び教室がざわめいた。

「どういうこと……？」「卒業せずに医者になれるってことか？」「勉強しなくても医師免許をくれるってこと？」「ばっかお前、医師課程の内容も理解しないで、クトゥリフ先生が免許くれるかよ」「しかも期限があと二年って……」「普通に卒業するよりも、条件が厳しいじゃない……」

ざわめく。当然だ。

ネメア・アカデミーでは六年で修めるべき医師課程を、クトゥリフは二年で達成しろと言っているのだ。グレンも唖然《あぜん》とする。

だが。

（リンド・ヴルム……！）

多種多様な魔族と、人間が住む街。

（卒業しても、魔族領に医者として生活できる場所があるかはわからなかった。でも種族の垣《かき》根《ね》をなくすことを目標としている商業都市リンド・ヴルムなら、人間の僕であっても、問題なく医者になれる……はず！　それなら、いま僕が、目標とするべきは……！）

グレンは眼力鋭く、クトゥリフの言葉を一言も聞き逃すまいとしていた。

「実力さえあれば一人でも二人でも、十人でも構いません。逆にその力に達しないと判断すれば、誰であろうと、何年在学していても認めません。わかったわね？　医者を目指すとはそういうこと。私は、実力さえあれば満点をつけるし、実力がなければ零点《れいてん》。厳正に採点をくだすだけ」

当然だ、とグレンは思った。

クトゥリフは温情によって採点を甘くするような女性ではない。気に入った生徒には目をかけるが——そしてそれにはグレンも含まれているが、それは将来性を加味したものだ。

誤解されがちであるが、お気に入りの生徒でも、勉強ができなければその採点を厳しくする。教師としての一線は守る女性である。

（まあ、だからこそ、ライム先輩と仲が良いのは謎なんだけど……）

内心で苦笑しつつ、しかし先輩を下に見るような考えであることに気づき、慌《あわ》ててそれを振り払った。

今は自分の進路のことだ。

今後もクトゥリフに師事し続けるには、リンド・ヴルムに行く実力があると認められるしかない。さらにその先――グレンの医者になる夢を最短で達成するには、残り二年で医師になるために必要な学習を終えなければならない。

「大変だけど、それを乗り越える覚悟があるものだけを、私は評価するわ。いいわね」

クトゥリフはそう告げる。

グレンの目標は既《すで》に、クトゥリフに次ぐ医師になることに変わっていた。


「燃えているわね」

サーフェが言う。

自分の作った薬の研究をレポートにまとめながらも――グレンを見つめていた。グレンは分厚い医学書を読みながら、時折必要な個所を紙にメモしている。紙は貴重ではあるが、勉学のためにはまったく使わないわけにもいかない。どうしても覚えたい事柄だけ、紙に書いて反復しているのだ。

「――え？　サーフェ、なにか言った？」

「なんでもないわ。邪魔してごめんなさい。続けて」

「うん」

一瞬だけ顔を上げたかと思えば、グレンは再び勉学に戻る。もともと集中力の高い少年ではあったが、今は特に集中している。

「はりきってマスねえ」

「それはそうでしょう。クトゥリフ先生からあんなことを言われてしまったのだから」

ハーブの植木を剪定《せんてい》しながらサーフェが冷静に告げる。ライムは、目の前の医学書に集中しているグレンを見ながら、にやりと。

「グレンくん、ケンタウロスの後ろ足の骨、大腿骨《だいたいこつ》から順番に」

「大腿骨、膝蓋骨《しつがいこつ》、下腿腓骨《かたいひこつ》、下腿脛骨《けいこつ》、足根骨《そっこんこつ》、第3中足骨《ちゅうそくこつ》……」

「おお――――ッ！　正解かどうかわからないけど多分合ってマス！　さすがデスねぇ、グレンくん！」

グレンは医学書から目も上げずに答えたのだった。サーフェは、自分でも答えのわからない問題を出すライムに呆《あき》れたような視線を向けている。

「ふふっ。この分なら、クトゥリフ先生と一緒にリンド・ヴルムに行けるかもしれませんネエ？」

「まさにそれを目指しているんでしょ――頑張るのはいいけれど、ちょっと不安になるわね。グレン、ほどほどにね」

グレンは聞いているのかいないのか、「うん」と「ああ」の中間のような返事をするばかりであった。

サーフェはため息をつく。

「サーフェちゃんはどうするんですか？　やっぱり薬師《くすし》として開業を……？」

「無理よ」

サーフェは首を振る。その瞳《ひとみ》には、諦《あきら》めの色が滲《にじ》んでいた。

「あと二年、開業のための知識を得るには、私では時間が足りないわ。卒業までじっくりと……なんて思っていたけれど、それはもう難しいわね。薬学に関してのお手伝いを、クトゥリフ様の下《もと》でやらせてもらうしかないわ」

「では、進路はやっぱり病院に所属する薬師ということデスね。リンド・ヴルムで医者になる気はないと？」

「それは、できるものがやればいいことよ」

サーフェは横目でグレンを見る。それだけで彼にどれほど期待しているのかわかろうというものであった。

「ライムはどうするの？　クトゥリフ様についていくの？」

「んー……多分、そうなるデショうねぇ」

「――クトゥリフ様の下で病院に勤めるのも、それなりに大変だと思うのだけど？」

「まァなんとかなると思いマス！」

勉強を一切せず紅茶を飲んでいるだけだというのに、ライムは何故《なぜ》か楽観的であった。いつものように明るく笑っている。

「――僕は、リンド・ヴルムに行きたい」

「グレン？　聞いていたの」

「聞いてたよ」

医学書から顔を上げないままに、グレンは語る。

集中力を発揮《はっき》していると思いきや、周りのことにも目を向けていたらしい――いや、それこそグレンの優秀さを示す証拠だろうか。一つのことに集中しつつ、配慮を忘れないのも医者に必要な能力だろう。

サーフェは仕事を中断して、グレンのために紅茶を淹《い》れる。石炭焜炉《コンロ》で準備していた薬缶《やかん》には、沸騰《ふっとう》したお湯が入っていた。

「僕はもっと、魔族を知りたいんだ」

「十分学んでいると思うけれど？」

「まだだよ……チェルベさんの時は、教科書の知識に頼りすぎて失敗しちゃったし。フソゥさん……いや、オシラサマという種族のことはなにもわかっていなかった。まだまだ知らないことだらけなんだ」

「グレン」

グレンは医学書から顔を上げない。

彼は貪欲《どんよく》に学ぼうとしている――。

「親には、ネメア・アカデミーに行くのも反対されたし、東国ではいまだに魔族に対する偏見《へんけん》が強い。逆に、僕がこの学校に来ても、やっぱり珍《めずら》しいものを見るような目がなくならない。戦争が終わっても、この大陸ではまだまだ、人と魔族の間の溝は消えてないんだと思う」

グレンはようやく顔を上げて、サーフェをまっすぐ見た。

「僕は――魔族が好きだ」

「……っ」

突然の告白に、サーフェが目を見開いた。

「生態が興味深いし、数多《あまた》いる種族のどれもが、独特の生活、文化を築いている。調べても調べても尽きない」

「な、なんだ、そういうことですか」

「？　サーフェ？」

「なんでもありませんっ」

サーフェが少し拗《す》ねたように、ぷいと横を向く。ライムはその様子を見てニヤニヤと笑っているのであった。

「僕は、サーフェやライムさんのような魔族のことをもっと知りたい。仲良くしたい。魔族の

ために なる仕事がしたい――だから医者を目指します。そしてそれが、いつか人間と魔族の溝を解決する一つの橋になればいいと思っています」

「それがグレンくんなりの――私たちと仲良くする方法なんデスね」

ライムはにしししと笑う。

グレンは真摯《しんし》な表情だが、ライムはいたずらっぽい笑みを浮かべて。

「おかしいデスね。こうして目の前にいるのに。仲良くしたいなら、先輩といっぱい仲良くすればいいんデスよ。なにもそんな、大きな目標を立てることはないと思いマスよ？」

「いいのよ。グレンはこれで」

サーフェは柔らかく微笑《ほほえ》んで、ライムにも紅茶を注いだ。

「別の種族と仲良くなるなんて、簡単なようでいて、すごく難しいのよ。グレンはそれをわかっているから、医者になりたいと思っているの――グレンは私たちだけではなくて、この大陸にいるすべての種族のことを考えているのよ」

「そ、そんな大げさなものじゃないよ」

グレンが慌てて手を振った。

「僕はただ――魔族に興味があるだけで」

「それだけで医者を目指すと言えるのが、グレンのすごいところなのよ」

だから、グレンはリンド・ヴルムを目指すのだ。

人間と魔族が共に暮らしている街。

医者としてその街で暮らすことで、見えてくるものがあるかもしれない。人間と魔族がどう共生していくのか、その街の可能性が、もしかすると大陸を変えてしまうことも——などと、サーフェは想像してしまう。

「だからもっと勉強したいし……いや、アカデミーで勉強しても、それで終わりじゃないはずなんだ」

「グレン？」

「医者になってからも、勉強しなくちゃいけないことがある。リンド・ヴルムでは、きっとこの研究室より、たくさんの患者さんを診なきゃいけない。一般的な症例ばかりでもないと思う。だから医者になっても……死ぬまで、僕は魔族のことを勉強し続けるつもりだよ」

「ほわぁ……」

ライムが大口を開けて、壮大な夢を語るグレンを見つめた。

「患者さんが何を考えているのか、なにを求めているのか。それを踏まえて医者は……僕はどうしていくべきなのか。それはずっと研鑽《けんさん》して、学んでいくべきことだと思うんだ。それを僕は——この研究室で、サーフェ、ライム先輩に教えてもらったから」

「エヘヘ！　そうデスかぁ？　照《て》れちゃいマス！」

「茶化さないの」

ライムをたしなめるサーフェも、その口元には笑みが浮かんでいる。

「だから僕は、リンド・ヴルムに行くよ」

「そうね。きっとできるわ。でも無理はしないでね、グレン」

グレンが胸の前で拳《こぶし》を握り、サーフェがそれに対して頷《うなず》いた。

「そうデス、無理は禁物デス！」

「貴女は少し無理をしたほうがいいんじゃないかしら、勉強とか」

「エエエエ！」

ライムがぐねぐねとしながら抗議した。しかしサーフェは素知らぬ顔である。

「ただ――ライムは、人が求めているもの、欲しているものを見抜くのがとても上手《うま》いわよね。それはそれで、医療に携わるものに必要な資質だと思います」

「えっ、えっ、なんデスか。今日、褒《ほ》め殺しの日デスか！」

「そうじゃないけれど――貴女も大事な研究室の一員ということよ。ね」

「ふっふふ。実はデスね、たとえ勉強ができなくても、このライムちゃんはとても重要な使命があってアカデミーにいるのデス！　伊達《だて》に長く学校にいるわけではないのデスよ！」

「それは進級できてないだけでしょ……」

サーフェは呆れる。

グレンは自分の想いを吐きだして満足したのか、再び学術書に目を落としていた。

しかしその耳は少しだけ赤い。誰にも言わなかった自分の目標を、包み隠さず話してしまったのが照れ臭いのかもしれない。

「…………」

ただ。

グレンの目の下にクマがあるのに、サーフェは気づいた。彼が勉学に集中する場所は、この研究室だけではない。寮の部屋に帰っても、ランプの灯《あか》りで勉強を続けているのかもしれない。

本当に——無理はしないでほしいと思うサーフェであった。

「私が、薬師になって、グレンがお医者さん。そして一緒に働く……そんな未来もあるのかもしれませんね、ね」

サーフェは、グレンに聞こえないくらいの言葉で、小さく呟《つぶや》く。

ライムが耳ざとく聞いてしまったようで、そんなサーフェの夢想に、優しく微笑むのだった。

未来を目指す若き医者志望の青年は、今は遠い未来よりも、目の前の医学書にかじりつくようにして、研鑽を続けているのだった。

「遅くなっちゃったな……」

ネメア・アカデミー。

すっかり日の落ちた学内を、グレンは小走りに駆けていた。ネメア・アカデミーは全寮制であるが、グレンが世話になっている寮は医学部からはかなり距離がある。早く寮に帰らなければ門が閉められてしまう。

サーフェなどはもっと早く帰って、寮で勉強すればいいと言うが。

「寮か……」

当然ながら他の生徒はみな魔族である。しかも医学部生もおらず、人間のグレンが親しくできる生徒は少ない。

グレンとしても、さすがに寮生とは仲良くしたいのだが、本来最も親しくあるべきルームメイトは、人間のグレンとどうしても噛《か》み合わずに、早々にネメア・アカデミーを退学してしまったのだ。結果としてグレンは一人部屋である。

そんなトラウマもあるせいで、寮での人間関係に悩んでいるグレンだった。いっそライムに相談するべきだろうか、と思う。

「寮に戻ったら夕食、その後は復習かな……ええと、両生系魔族の皮膚《ひふ》呼吸病と治療の項だっけ……あ、そうだ、レポートも仕上げないと。あとは……」

ぶつぶつと呟く。

グレンの寮は、学内の敷地から急な階段を下りた場所にある。人気《ひとけ》もなく薄暗い場所で、足を滑らせて怪我《けが》をする生徒が後を絶たない——が、未《いま》だ成長中である都市ネメアの職人は多忙であり、こんな小さな階段を直すほど暇《ひま》ではなかった。

「……あぁ、明日は寮の掃除当番だったっけ……そっちもやらないと……」

グレンは呻《うめ》く。

フラフラの頭は、自分でもよくないとわかっている。しかしこんなことでは立派《りっぱ》な医者にはなれない。目標を叶《かな》えるためにアカデミーに来た。両親の反対を押し切ってまで、魔族の学校に入学したのもそのためだ。

「……父さん。母さん、スィウ」

細く長い、足場の悪い階段を下りるグレン。

郷愁など無縁《むえん》だと思っていたのに。

辛《つら》い時はやはり、家族のことが頭に浮かぶ。いかに成績優秀だと言っても、グレンはまだ十四歳である。父親からほぼ勘当《かんどう》されて家を出たとはいえ、実家のことをどうでもいいとは思っていない。

ただ――もし帰る時があれば、それは医者として大成してからだとグレンは思う。

「どうしてるかな……スィウは、元気で……」

元気が取《と》り柄《え》の妹のことだけが気がかりだ。グレンが出奔《しゅっぽん》するのを後ろから画策《かくさく》していた兄のことはどうでもよいが。

いつの時代も病《やまい》はある。怪我もある。まだ幼《おさな》い妹が健康でいるのかどうか。父母は体調を崩《くず》していないか。やるべきことに忙殺《ぼうさつ》され、ほんの束の間、郷愁に浸《ひた》っていただけなのに、そんな時でも考えるのは誰かの体調のことであった。

「……ぅう」

グレンの足取りは危うい。

ただでさえ寝不足だというのに、考えることが多いために足元を見ていない。グレンの目には、先ほどまで書き写していた症例の記録が再生されていたのだった。

だから。

「……あれ？」

足を下ろした先に、踏み段がない。

何故ないのだろう――とぼんやりした頭で考えて、グレンは気づく。ああ、これは、踏み段がないのではなく、自分が足を踏み外したのだと。

「――あ」

グレンの世界が反転する。暗い中、階段を転げ落ちて――疲労しきっていたグレンは、それに対抗する手段を持っていなかった。

「っ」

星が見えた――。

高所からの転倒。後頭部強打、後頭部外傷、出血――考えられる症状を頭に浮かべることはできたが、指一本も動かせない。

痛みもない。

（あ――まずい――）

痛覚がないのは重症だ。すでに肉体を意識できない状況。

自身が非常に危険な状態であることを認識して――しかし直後にグレンの意識は、ロウソクの火を吹き消すように、フッと消えてしまうのであった。

「別にライムまでついてこなくてよかったのに」

「いえいえ、せっかくだから一緒に行きマスよ！　それに寮はそろそろ門限デス。女子生徒は入れてもらえないかもデスよ」

「……男に変身して、寮に入り込むなんて考えてないでしょうね」

「エヘヘ！」

「ただのグレンの忘れ物だし、寮の人に渡しておけばいいでしょ！」

姦《かしま》しい声が聞こえる。

二人の女性が、階段をするすると下りていた。学内から男子寮へと続く階段。足場の悪いところであるが、

「まったくグレンも迂闊《うかつ》なんだから。医学書を忘れるなんて……」

「フへへ、サーフェちゃんだってわざわざ寮に届けるんデスから。そんなにグレンくんの顔が

見たかったんデスか?」

「そういうわけじゃないから」

階段を下りるのはサーフェとライム。研究室を出て行ったグレンを追いかけていた。

別に明日も研究室に来るのだから、明日渡せばよさそうなものだが——サーフェもライムもまた、グレンに会いたかったのだろう。

ネメア・アカデミーは優秀な生徒を輩出《はいしゅつ》する教育機関——裏を返せば厳しいカリキュラムの組まれた進学校である。そんな中で、生徒同士の絆《きずな》を育《はぐく》むのはかけがえのない楽しみである。

だからこれは普通のこと。

少しグレンの顔を見たい——そんなささやかな望みはありふれたものである。サーフェはそんな風に自分を納得させる。

「……え?」

階段の下で。

サーフェは暗闇《くらやみ》に倒れている人影を見た。

気づかなかった——暗闇において、サーフェは視覚と共に、ラミア自前の温度感知能力に頼ることが多い。実際に目にするまで気づかなかったということは——すでに倒れた人影の体温は低下しているということで。

「グレン……?　グレン……!?」

「えっ……あ――ハッ……!?」

サーフェが叫ぶ。遅れて、ライムも倒れているグレンに気づいた。

真っ白になりそうな頭を、サーフェはかろうじて押しとどめた。自分が意識を飛ばしてどうする。グレンが倒れている。それだけで動くには十分だ。

「グレン、聞こえますか！　グレン!?」

授業で死ぬほど叩《たた》きこまれた応急処置の手順に従い、声をかけながら近づく。倒れたグレンに顔を近づけて呼吸を確認し、尻尾《しっぽ》を手首に巻きつけて脈をとる。

「呼吸……はある、脈も……！　でも……」

今にも息が消えそうなほどに弱い。脈もわずかだ。非常に危険な状態である。

「グレン！　ねえ、目を開けて、グレン――」

サーフェは必死で呼びかけて。

「あ……」

目を見開く。

自分の手が――鮮血でべっとりと濡《ぬ》れていた。グレンの後頭部からの出血が、サーフェの手を濡らしていた。

「いや、いや……うそ、嘘でしょこんなの、ねえ、グレン」

サーフェは既に冷静さを失いつつある。

状況を見れば、階段から転倒し後頭部打撲《だぼく》。いや、この出血はすでに頭部裂傷だ。致命的なダメージの恐れもある。今すぐに適切な処置をしなければ——あるいはそれができたとしても、グレンは。

「医者になるって……リンド・ヴルムに行くって言ったじゃない……！　それなのに……ねぇグレン……！」

サーフェの泣き声は、グレンには届かない。

頭部へのダメージがどれほど危険か、医学部のサーフェはよくわかっていた。

「——まだデス」

そう告げたのは。ライムだった。

彼女は緑色の身体《からだ》を変形させ、グレンを包む。

グレンの肉体が——地面に流れ出た血液も含めて——ライムの体内に取り込まれていく。そのままライムは、階段を戻っていく。中にいるグレンは、なんの衝撃もなく、絶対安静の状態で運ばれた。

「病院に運ぶのは間に合いマセン！　私はこのまま処置室へ行くので、サーフェちゃんはクトゥリフ先生を呼んできてください！　どうせ教授室に残っているデス！　いますぐ運んで処置をしマス！」

「ライム……いえ、でも……その状態のグレンは、クトゥリフ様でも……！」

「諦めまセン！」

　ライムは。

　その身にグレンを抱きながら、力強く告げる。

「スライムのゲル体に包んでおけば、止血《しけつ》をしながら一切衝撃を与えることなく運搬《うんぱん》ができマス！　これで少しだけ保《も》つはず！　今すぐクトゥリフ先生に診てもらうデスよ！」

　器用にグレンの口と鼻だけを体外に出して呼吸を確保するライム。

「サーフェちゃん！　いきマスよ！　医者を目指すなら――どんな時でも、最後まで諦めちゃダメデス！」

「そ――」

　絶望に染まりそうになるサーフェは、自分の思考を切り替えて。

「そうね。その通りだわ。最後まで諦めない」

「デスね！　全力で行くから、サーフェちゃん、ついてきてくだサイね！」

　ライムはさらに階段を上る。激しく蠕動《ぜんどう》しながら進んでいるというのに、スライムの体組織が揺れも衝撃も全《すべ》て吸収しているので、グレンは安全に運搬されていった。

（リミットはどれくらい……十分？　十五分？　その間に処置できる――!?）

　サーフェは才女と呼ばれたその頭脳で、わずかな可能性でもグレンを助ける方策を考え続けた。

お願いだから生きてほしいと、ただひたすらに祈るのだった。

「頭部挫傷《ざしょう》……頭蓋骨骨折《ずがいこつ》……」

グレンはすぐに、学内の処置室に運ばれた。

クトゥリフは状況を聞いても一切顔色を変えず、氷のような冷静さでグレンを診察した。それが医者に必要な胆力《たんりょく》なのだ。クトゥリフはベッドに寝かされたグレンを診て。

「頭蓋骨へのダメージがあるわ……出血多量、これは最悪、脳挫傷――」

「え――」

考えられる限り最悪の診断に、サーフェは絶句する。

最先端のネメア・アカデミー医学部であろうと、脳へのダメージは致命的であった。クトゥリフでさえ、外科手術で対処できるかどうか。

「頭蓋骨が割れて脳に刺さっているのだとしたら、これは、もう――」

「そんな、クトゥリフ様！　なんとかなりませんか！」

「なんとかできるなら、もうしているわ。サーフェ、おやめなさい」

クトゥリフに取りすがろうとするサーフェを、クトゥリフはなだめる。処置室に沈黙が降りる。

今すぐなんとかしなくてはならない。この沈黙の時間さえ、サーフェは惜《お》しい。

「息をしているのは幸いね。脳のダメージはそこまで大きくない。とにかく血を抜いて、傷を縫合《ほうごう》して、それから――」

　クトゥリフの顔は硬《かた》い。

　サーフェは嫌な予感がした。脳のダメージは、万が一、命が助かったとしても、後遺症が残ることが十分に考えられる。記憶障害、学習障害。もし重篤《じゅうとく》な後遺症が残ってしまえば、医者になる道は永遠に――。

「……クトゥリフ様。私も手伝います。私にできることであればなんでも！」

「馬鹿《ばか》言わないで。サーフェ。ライムもよ、アナタたちは退出しなさい。医者未満の連中がどれだけいても役に立たないわ。ここは私がやる！」

「でも！　そんな……もし後遺症が残ったら、グレンの夢が……！」

「そんなことはわかってるわ！　最善を尽くす。それだけよ。医者にもなってない半人前ができることは、祈ることとくらいでしょう」

　サーフェは、横たわるグレンを見る。

　包帯で頭を止血されてはいるが、血は完全には止まっていない。傷は相当に深い。命さえも危ういこの状況で、本当にグレンは助かるのだろうか。いや、万が一助かったとしても、本当に医者になれるのだろうか。

　どの薬があればいい？

どんな処置をすればいい？

どれほど薬学を学んでも、あるいは症例を学んでも、今こうして夢が閉ざされるかもしれないグレンに対して、サーフェはあまりにも無力だった。

「いいから出ていきなさい。ライム、貴女も――」

「クトゥリフ先生」

ライムが、そっと――。

グレンの頭部に手を添えた。ぽてっとした五指が溶けて、グレンの頭を包む枕となっていく。

「あの治療法なラ、今できる中で、最高の処置となるはずデス。いかがデスか？」

「……ダメよ。ライム。それはダメ」

「いいえ。間違いなく最善デスよ。そのために、ずっと一緒にやってきたじゃないデスか。もう動物実験まで終わっているのデスよ？」

「ダメだってば――」

サーフェは困惑《こんわく》しながら、クトゥリフとライムの顔を交互に見やる。なんの話かわからない。サーフェの知らないことについて、二人は言葉を応酬《おうしゅう》させている。

「ら、ライム？　なにを言ってるの？　なにか手があるの？　でも貴女、脳医学の授業でも寝ていたじゃない。それなのに――」

「ふふん、奥の手があるのデスよ」

ライムは得意げだ。

一歩も引かぬ覚悟でもって、自分の師匠《ししょう》と対峙《たいじ》している。

やがて。

クトゥリフが、大きく息を吐いた。議論は終わったらしい——なんの議論だったのか、サーフェにはわからないままで。

「わかったわ。命は助ける。後遺症もほとんどない。そのための最善手——ライムの言う通りよ。それでいきましょう」

「あ、あのクトゥリフ様？　それは一体、なんの」

「ねえ、サーフェ。私は無能が嫌いよ。それなのに、万年、試験では赤点ばかり。授業もろくに聞かない。そんな生徒を、何故、ずっと手元に置いていると思ったのかしら」

ライムは酷《ひど》いデスー！　と抗議しながらも、グレンの頭部にスライムの指をずぶずぶと沈み込ませていく。グレンの後頭部は、すべてスライム組織に覆《おお》われてしまった。

「私たちスキュラ族の祖先は、邪神とか呼ばれている一族だったらしいわ」

「え、ええ。伝説ですが……知っています」

スキュラ族の祖先は、タコの特徴を持つ深海の邪神とされる。

スキュラ族にとってはあまり良い風評ではないらしく、自分たちでは公言することはほぼない。神の子孫を名乗るために、後付《あとづ》けで神話や伝承《でんしょう》を生み出すことは珍しくないが、邪神が祖先というのは不思議なことだ。

「その邪神たちはね、自分たちの身の回りの世話をさせるために、スライム型の生物を使役《しえき》していたらしいわ。名前はショゴス。不定形の身体を持っていて、その体はどんな形にもなれたとか。戦闘に、家事に、そして――損傷《そんしょう》した内臓を修復するための医療用」

クトゥリフは八本足で、処置室に備えてある手術器具を手に取った。

「現在生きているスライムは、そのショゴスとやらから分岐《ぶんき》して、独立した種族になった存在だと、私は考えているわ」

グレンの頭部に、まるでケーキのクリームを塗るように、クトゥリフは緑色のスライム組織を塗りこんでいく。

「医療用……って、まさか」

「そう。私はね、サーフェ。スライム族の身体を使って、臓器や血液を再生させる研究をしていたのよ。ずっと、ずっと、ライムを助手にしてね」

「そんな。そんなこと――本当に？」

途方もない話だ。

確かにスライムはその肉体を可変させられる。可塑性《かそせい》のある体組織を持つ。

だがそれはあくまで見た目の形状を変化させられるに過ぎない。

体の組織を血管や、内臓と同じ成分に変えることなど――伝説の生物にできたとしても、同じことがスライムにできるのだろうか。

「できマス」

ライムは静かに微笑んでいた。自分の指先がグレンの傷口に塗り込まれていても、平然としている。

「練習しマシた。ネズミちゃん、犬や猫ちゃんくらいなら、大量出血も修復したデス。スライムの身体は、周囲の組成と同じように変化していく性質があるみたいデス。これでも結構頑張ったんデスよ？　クトゥリフ先生と一緒に、夜通し体組織の成分を変えていく練習をしたこともあるデス」

「……」

「グレンくんの身体はまだ生きていマス。治ろうとする意志を、私はちょこっとお手伝いするだけデス。クトゥリフ先生が指示をして、私がその通りに、グレンくんの中に入った『私』を作り替える。たったそれだけなんデスよ」

それだけ――であるものか。

それがどれほどのことか。サーフェにわからないはずがない。ライムがずっとクトゥリフの弟子になっていた理由。落ちこぼれでも破門されなかった理由。今更《いまさら》ながら理解した。

「――ん、やっぱり骨片が、脳神経にまで達してマスね」

「っ！」

ライムがグレンの頭部を包む腕を通して、グレンの内部を教えてくれる。脳へ衝撃を与えないままに診断さえできるのだから、スライムの肉体はサーフェの想像以上に、医療器具としてのポテンシャルを持っているのかもしれない。

それに、クトゥリフも目をつけた。

「頭蓋骨から脳神経の再生まで、やりマショう」

「——脳神経、か」

クトゥリフは触手《しょくしゅ》の端を噛んで。

「ライム。その処置によって、グレンの命はまず助かるでしょう。でも、脳神経を作り直すということの意味——わかっているわね」

「大丈夫です。ちゃんと再現できマス！」

「それを信じるわ。……サーフェ」

クトゥリフはサーフェに向き直り。

「神経損傷を修復するわ。ライムは血液や血管、臓器であればほぼ元通りにできた——でも、神経は血管より細いし、すでに損傷した部位《ぶい》を、完璧に、以前のように戻せるかはわからない。それを——覚悟しておきなさい」

「は……覚悟、ですか?」

「命は助ける。後遺症もない——はずだけれど、脳の機能に障害があるかもしれない。記憶、特に最近の記憶が、グレンから失われてしまうかもしれない」

クトゥリフの言葉には迷いがあった。脳の機能に関しては、クトゥリフでさえまったく解明しきれていない。クトゥリフとライムによる処置が正確であったとしても、どのような影響があるかはわからない。

「けれどきっと——グレンが夢を失うことはないわ。それは最近の記憶ではない、ずっと持っていたグレンの夢だから。私はそれを信じてる」

クトゥリフは。

愛弟子《まなでし》の姿を見て、力強くそう言った。

「わ、私も信じます！　……きっと、そうだと思います」

「ええ。だから手術が終わってから、グレンになにが起こっても、サーフェ、貴女がフォローしてあげなくてはいけないのよ」

「もちろん私も手伝うデスよ！」

ライムが満面の笑みでそう言ってくれる。

「では——やるわよライム。集中なさい」

「まっかせてくだサイ！」

医者としての厳格な面持《おもも》ちになるクトゥリフ。

対照的にどこまでも明るいライム。

サーフェは――グレンとの記憶を思い出していた。グレンの実家で初めて出会ったときのこと。アカデミーで再会したこと。予想外の再会に照れて、上手く話せなくて、それでも一緒に研究室を始めたことを。

「大丈夫デスよ」

ライムが優しく告げる。

お調子者で、いつもお道化《どけ》て、なにも考えていなさそうで――でも底抜《そこぬ》けに明るいライムの言葉が、今のサーフェにはありがたい。

「このくらいの損傷で、全部忘れるなんてことはないデス。影響は大きくありまセン。もし思い出せなくても、それは少し忘れているだけなんデス」

「ライム……」

嘘だ。

ライムにだって、人間の脳構造の全てがわかっているわけではないはずだ。だからこれは推《すい》測《そく》にすぎない。いや――ライムがサーフェを安心させるために言っているだけだ。

だが、サーフェはその嘘を、今だけは信じようと思った。

「大丈夫。忘れているだけなら、いつか思い出すはずデス。だからそれを信じて――ね？」

「……わかりました」

サーフェはグレンの手を握る。

サーフェにできるのは祈ることだけだ。グレンは医者になる。その道を閉ざされないように――チェルベ、ベルメール、フソゥ。ここで患者たちから学んだことを抱えて、リンド・ヴルムに行かねばならないのだ。

「やるわよ、ライム」

「はいデス！　――クトゥリフ教室最古参の実力、見せるデスよ！」

手術が始まった。

クトゥリフが器具でグレンの脳を開き、ライムの体組織を移植していく。サーフェはその間、ぎゅっと目を閉じて、成功を祈り続けていた。

（グレン……！）

内心で、何度も何度も、彼の名を呼び続けるのだった。

ネメア・アカデミーの定期試験が終わった。

ライムは、アカデミーのロビーに貼《は》り出された順位表を見る。自分の名前は下から数えたほうが早い。後輩たちにも抜かされている。それは当然だ。手術を終えたライムは体調がすぐれず、ろくに試験対策もできなかった。

（うーん――困りマシたねェ）

ライムは苦笑するしかない。

さすがにそろそろ本腰を入れて勉強しなければ、クトゥリフに怒られてしまう。クトゥリフは自分の医療に転用できる変身能力を買ってくれてはいるが、それだけでリンド・ヴルムに連れて行ってくれるかはわからない。

ライムは師匠が好きだ。

グレンもサーフェも好きだ。

いや——人間魔族問わず、生き物が大好きなのかもしれない。不定形の自分がなにかになれるのが嬉《うれ》しくて、ついつい真似をしてしまう。

アメーバのような自分であるくせに——いや、だからこそ、そうではない存在。確かな形をもった生物に憧《あこが》れるのだろう。

（だからこそ、みんな大好きデス）

別れは辛いから——せめて少しでも皆と一緒にいられるように、できるだけのことはしたい。誰とでも仲良くなれて、誰のことも好きになってしまうライムの、それが唯一《ゆいいつ》ともいえる行動原理だった。

「あっ……」

貼り出された順位表。

医学部上位は、もちろん。

（グレンくん……サーフェちゃん……良かったデスね）

首席は当然のようにグレン・リトバイト。次いでサーフェンティット・ネイクスの名前があった。

あんなことがあっても、二人はちゃんと良い成績を収めていた。自分も二人に負けないように、せめて、ある程度の結果を出さなければならない。

グレンは医者になるだろう。そしてリンド・ヴルムに行く。サーフェもこの調子であれば、同じように成績を認められるかもしれない。その時、自分はどうすればいいのか——ライムはゲル状の身体をふにゃふにゃさせながら、お気楽に考えていた。

「おヨ」

とその時。

貼り出されている順位表を眺《なが》めているグレンを見つけた。そういえば、手術の後に会うのは初めてだ——試験期間中に手術などしてしまったこともあり、グレンはクトゥリフがつきっきりで面倒《めんどう》を見ていたからだ。

彼が転倒し頭を打ったことはグレンも含め、皆の知るところだ。だが、あくまで軽傷ということになっている——それが死にかけるほどの怪我であったことを知るのは、あの日、処置室にいた三名だけである。

「グーレンっくん！」

ライムはべちゃ、とグレンの肩を叩いた。

「あ……ら、ライム先輩？」

「はーい、みんなのライムちゃんデス！　すごいデスねぇグレンくん、首席だなんて。怪我してたのにこの成績、さすがデス」

ライムはいつもの調子で声をかける。

この時――人の感情の機微《きび》に聡《さと》く、心中を見抜いてしまうライムらしからぬことに、彼女はグレンの表情に気づかなかった。

気づかないフリをしていたのかもしれない――と後になって思う。

「さ、いきマショ」

「行く？」

当たり前のように告げたのだが。

グレンは首を傾《かし》げた。

「え、ええと、ライム先輩……」

グレンは困惑を見せつつ。

「どこに――行くんですか？」

そこでやっと、ライムは気づくのだった。グレンが、忘れていることに。

「え、あ、研究室――デス、けど」

「何故？」

疑問を浮かべるグレンは、本当に、ただただわからないといった様子。

いや、それは――説明しようとして、しかしライムは逡巡《しゅんじゅん》してしまった。ここで追及することは、誰に対しても良い結果をもたらさない。

「あ――い、いえ、なんでもない、デス」

「そうですか……？　では、先輩、また授業で」

グレンは一礼してから、去っていく。

ライムは声を出せず、その場に取り残された。

「あァ」

息を吐く。

まだここは、アカデミーの講堂だ。泣き顔など見せるわけにはいかない。グレンに起きた異変は絶対に秘密だ。これから先、誰とも共有してはならない秘密なのだ。

だってグレンには未来がある。

将来を嘱望《しょくぼう》されて、医者になる使命がある――それはグレンの夢であり、彼に惚《ほ》れたサーフェの願いであり、彼を育てたクトゥリフの悲願だ。

だから――邪魔をしたくない。

「う、う……っ」

ライムは泣きそうになるのをこらえた。

多分グレンは忘れている――ライムと一緒に、研究室で過ごした日々を。

なにをどれだけ忘れているかは定かではないが、自分が再生させた脳神経によって、グレンの記憶には齟齬《そご》が生じている。

「うぁァ」

泣くな。

こらえろ。

大丈夫。擬態《ぎたい》は得意だ。自分でないものに変身するのは、一番得意なことだから――。

「へーキ――私は、へーキデスから。グレンくん」

彼にわずかに芽生《めば》えかけていた想いも一緒に、ライムは、そのスライム状の身体の奥に閉じ込めた。

代わりに貼りつけたような笑顔だけで、グレンを見送ったのだった。

エピローグ　その記憶に繋がる

「――やはり短期記憶が失われているようね」

サーフェとライム、二人からグレンの状況を聞いたクトゥリフは、そう結論づけた。

「うゥゥ」

「一緒に研究室をやっていた――その事実だけがグレンから抜け落ちているようです。私と話したことはつい最近のことまで覚えていましたから」

サーフェが師に報告する。

ライムは悲しみで、教授室の床にべたりと広がっていた。

いつもはお調子者のライムであるが、こうなるとさすがにサーフェが見ても可哀相《かわいそう》に思えてしまう。

「原因はいろいろ考えられるわ」

「と……言いますと」

「そうね。ライムの修復が不十分だったたか。私がどこかで神経系の繋《つな》ぎどころを間違えたか。

そもそも手術が原因ではなく、階段から落ちて頭を打ったショックが理由かもしれないわね」

「そうですか……」

脳のこと、記憶のことはまだわからないことが多い。

クトゥリフも原因をはっきりと究明することはできないのだろう。

「――ただ、完全に失われているとは思えないわね」

「エッ⁉」

「他のことを覚えていて、ライムとの記憶だけキレイに忘れる――そんな都合のいい記憶障害はあり得ないわ。ライムも言っていたでしょう？　生物は忘れたと思うことも、実は記憶のどこかにしまわれているものよ。怪我《けが》のショック、あるいは手術の影響で思い出しにくくなっているだけなのかもしれないわね」

「おおォ！　いつデス⁉　いつ思い出すデス⁉」

「わからないわ。十年、二十年後か、あるいはもっと先か――」

一瞬、人型に戻ったライムが、がっかりしてまた不定形生物に戻った。

完全に失われたわけではない――それはライムの励《はげ》ましの言葉、そのままだ。クトゥリフの見立てだし、多分間違いないだろう。

共に過ごした時間を忘れられてしまった当のライムにとっては、たまったものではないだろうが――。

「ただね」

クトゥリフの顔は、未《いま》だ厳しい。

「なるべくなら、もう研究室の話はしないでほしいわ」

「――先生？」

「思い出せないことを無理に思い出すのは、本人の負担になってしまう。親しかったことを覚えているサーフェならばともかく、ライムはもう、なるべくグレンとは話さないほうがいいわね」

「うう……」

床に広がりながらべそべそと嘆《なげ》くライムであった。

一緒に過ごした青春が封印《ふういん》されるのは――どれほどの悲しみだろう。ライムは特にグレンと親しく接していて、グレンもまた、そんなライムを嫌っているようには見えなかった。

「だから秘密は秘密のままにして――皆で一緒に、リンド・ヴルムに行きましょう」

「先生？」

「いつか思い出した時に、同じ街にみんなでいれたら、それは素晴らしいことでしょう？」

サーフェの師匠《ししょう》は優しく微笑《ほほえ》む。

「だから――死ぬほど勉強頑張りなさい、ライム」

「うぁアアアん！　みんなして酷《ひど》いデスぅ――――ッ！」

励まされるべきところに追い討《う》ちをかけられ、ライムの泣き声はさらに増すのであった。

「――振り返ると、色々あったわね」

「色々どころじゃないデス！　グレンくん、いつまでも他人行儀で寂《さび》しいデス……」

ライムは目じりを拭《ぬぐ》う。

時は今に戻る――ライムはあれから、彼女なりに猛勉強をして、なんとかリンド・ヴルム中央病院で働く許可をもらった。グレンと話す機会は多くはないはずだが、きっとライムは今でも待っている。

「――辛《つら》いわね、ライム」

グレンが思い出す時を。

「ほェ？」

「私だったら耐えられないわ――私の愛は、少し重すぎるみたいだから」

学生時代とは違う。自分の愛情を自覚したサーフェが、ため息をつきながら言った。

忘れられたのがもし、ライムでなくサーフェだったら――そう思うと、胸が締めつけられる想いだ。忘れられたまま、遠くで見つめることなど、サーフェにはできそうもないのだから。

「……サーフェちゃんに言ったこと、覚えてマス？」

「なんのことかしら」

柑橘類《かんきつるい》のジュースを、指先から全部飲みほして、ライムはまっすぐサーフェを見る。

「忘れているだけだから、いつか思い出すハズ――っていう」

「手術前に言っていたわね」

「だから、私も信じなきゃ――私のやったことだから、私が一番信じてあげなくちゃいけないんデス」

「そう……」

ライムは、自分の言葉に捕らわれている。

そうしなければならないと――ライムがライム自身を縛《しば》りつけている。

そんなライムを、サーフェはどう見てあげればいいのかわからない。距離を置く立場になったのは、もしかすると自分だったかもしれないというのに。だから話も聞くし、ライムからであれば多少の無茶な願いも聞くつもりだった。

だが、ライムはなにも言わない。

ニコニコと笑い日常を過ごすのはどれほど辛いだろうか。

「……そういえば、モーリーさんには会った？」

「アウ。ご、ご先祖様デスか」

サーフェの少し苦しい話題転換に、ライムは目を逸《そ》らした。

「多分、ショゴスだから、旧《ふる》い旧いご先祖様だと思うんデスけど……」

「けど？」

「出会っちゃうと、ぶるぶるしちゃうんデスよねェ。なんででショ。私が私でなくなるような……向こうのほうが絶対強いから、もし取り込まれたら私が戻ってこれないといいマスか」

ライムは震える。

似たような種族であっても――いや、似た種族だからこそライムの立場が弱いらしい。モーリーはだれかれ構わず取り込むようなことはしないだろうが、それが『可能』であることを、ライムが本能で知っているのだろうか。

「ご先祖様は上手にできるんデショうけど……スライムによる医療革命も、無理でしたカラねぇ……お話はしたいんデスが……ぶるぶる」

言葉通り、ゼリー状の身体《からだ》を震わせるライム。

「スライムによる損傷部位《ぶい》の治療――実用化はできなかったの？」

「他のスライムだと、私ほどうまく臓器とか作れないみたいなんデスよぉ。だからクトゥリフ先生も頭を抱えちゃッテ。私以外がやると、血管を作るだけでも時間がかかるし、それを動物《うま》の肉体に定着させるのもさらに時間がかかっちゃうんデスよね――なんで私が、こんなに上手くできるのか、わかんないんデスけどぉ……」

「へぇ――」

サーフェは感心する。

クトゥリフ教室では成績の悪かったライムだが、意外な才能があったらしい。

「でもまァ、確かに私も集中力使うんデスよねぇ。しっかりイメージしないと、分離した自分が形を変えるのに時間かかる時モ」


「ああ——いたいた」


その声にはっと振り向く。

カフェテリアに、グレンの姿があった。彼に聞かせられない話だったために、ライムが慌《あわ》てて自分の口を両手で塞《ふさ》ぐ。

「ぐ、グレン……先生⁉ 診療所は……」

「ごめん、ちょっと抜けてきたよ。妖精さんに捜してもらって、ここで休憩《きゅうけい》しているのを知ったんだ——それでさ」

グレンは手元のバスケットを示す。そこにはライムがたっぷり詰まっていた。

「常連さんにもらったんだよ。農夫のランディさんがね、今年は農園でたくさん採《と》れたから、おすそわけだって。ライム先輩、どうぞ」

「えっ、あ、わ、私にデスか？」

「好物でしたよね。是非《ぜひ》」

それは覚えているのか。

グレンの記憶が、どこまで鮮明で、どこから失われているのか、サーフェにもわからないが
――おそらく記憶の齟齬《そご》がないよう、グレンの中では、虚実《きょじつ》織り交ぜて辻褄《つじつま》合わせが行われているはずだ。

実際のアカデミーの記憶とは少し違うはず――それがどう違うのかということは、やはりサーフェにはわからないが。

「あ、あー……ありがとうデス、グレンくん」

ライムはぎこちない笑顔。

今さっきまで、サーフェと過去の話をしていた状態で、お気楽にグレンと話すのは、ライムも抵抗があるのだろう。

「いつもお疲れ様です、ライムさん」

「あ、い、イエ……」

「クトゥリフ先生の下《もと》で働くのは大変なこともあると思いますが――もしよければ、また一緒に勉強しましょう、ライム先輩。僕も新しい医療を常《つね》に学ばないと……あれ」

サーフェとライムが、目を見開いた。

一緒に勉強を――などと言ったグレン当人もまた首を傾《かし》げている。

「あれ……一緒に勉強したこと、ありましたっけ？」

ライムは。

一瞬きょとんとして――それから、ぱっと花が咲くように笑顔になった。

「そ、れ、が！　実はあったんデスよー！　なになに、グレンくん忘れちゃったんデス!?」

「は、はあ、なにしろあの頃は勉強ばかりで――他のことをあまり覚えてなくて」

「サーフェちゃんと三人で勉強したじゃないデスかー！」

うねうねと体を動かして主張するライム。いや、それどころかグレンに無遠慮にすり寄っていった。べちゃり、と体組織がグレンに接触する。

「ふふ、いいんデスよグレンくん、今からでも、お勉強や他のことして、仲良くなりマショ♪」

「他のことって――」

「いやん、デス♪」

ライムは身体をくねらせて、しなを作る。

サーフェは内心で盛大にため息をつく。

さっきまでライムの心配をしていたのがバカらしく思えてきた。立ち直るのが早すぎる。グレンの中に、ライムとの記憶は確かにあったのだ。

それが嬉《うれ》しいのはわかるが――。

「そろそろ休憩は終わりよ」

サーフェはそんな彼女の肉体にライムの実を突っ込んだ。

「ふぎゃアアんっ！」

「猫ですか。どんな声出しているのよ」

体をびくつかせて反応するライムを置いて。

「先生、そろそろ診療所へ」

「あ、う、うん」

「あー待って！　もうチョット！　もうチョットお話ししましショ！」

ライムはグレンの手を取る。

「す、すみませんライム先輩。午後の診療もありますので——また今度で」

「というかいつまでもサボっていたら、クトゥリフ様に怒られますよ、ライム。また減給されるんじゃないの？」

「あああ——そうデシたあ！　私も行かないと！」

ぎゃいぎゃいと騒がしい。

だが、先ほど落ち込んでいたとは思えないライムの姿に、サーフェの胸のつかえもとれたような気がする。グレンの記憶は確かに、過去から今へと繋《つな》がっていた。

それはライムの体組織が、グレンの脳神経を繋げたかのように——。

（……まさか）

「？　サーフェ、どうしたの？」

グレンは店員へと支払いをしつつ、こちらを振り向く。

さりげなくおごられてしまった――いや、しかしそれは今、大事なことではない。サーフェは首を振った。

「あ、い、いえ、なんでもないです」

サーフェは思う。

もしかして――グレンの神経を修復したライムの体組織が、今になって、グレンの身体に馴《な》染《じ》んだのではないかと。

ライムも言っていた――しっかりイメージしないと、元の形に戻るには時間がかかると。ライムの一部が、今になってグレンの中にある記憶を繋げようとしているのだとしたら。それがライムも意識しない、グレンの体内で行われているとしたら。

（凄《すご》いことですね）

クトゥリフが知ったらなんと言うだろうか。

すべて仮説だ。確証などはない――だがグレンとサーフェも繋げてくれたライムは、サーフェにとっても大事な友人だ。

今と過去は繋がる。

今はたまたま忘れていても――いつかグレンの中で、ライムの一部が、記憶を繋げる日が来るのかもしれない。

「グレンくーんっ！　まった遊びまショウねーっ」

　ライムがぶるんぶるんと、満面の笑みで手を振った。

　グレンはそれにぎこちなく手を振り返す――いつか、研究室での日々を思い出してくれることもあるだろうか。

　その時は――。

「ライバルが増えそうですね――しかも、とても手強《てごわ》い」

「ん？　サーフェ、なんの話？」

「いいえ、なんでもありませんよ」

　サーフェはすました顔で、診療所への道を行く。

　ライムはその身体を震わせて、いつまでもグレンに手を振り続けているのだった――。

あとがき

こんにちは、折口良乃《おりぐちよしの》です。

モン医者の前日譚《たん》『モンスター娘のお医者さん0《ゼロ》』をお届けしました。皆様いかがでしたでしょうか。

本家のモン医者ではできない、ちょっとビターな結末だったかもしれませんね。人によってはこれが良い。いや悪い。色々なご意見があるかとは思いますが、ともあれこうした苦みもモン娘を引き立てるスパイス、ということで。

ヒロインの一人ライムちゃん。

もとは『スライムだからライムという名前にしよう』という非常に安直なネーミングだったのですが、ソロピップB先生のデザインのおかげで、こんなに可愛《かわい》くなりました。本当にありがとうございます。

それに加え、若グレン、若サーフェ、その他患者たちなど、ソロピップB先生のデザインセンスがいかんなく発揮《はっき》されております。

お気に入りはドラコニア様です。ワニ！

ワニってかわいいですよね。熱帯園とかであんぐり口を開けて日向《ひなた》ぼっこしているワニとか結構好きです。いや別に撫《な》でたいとかは思いませんが。

動物を愛《め》でる方法は、撫《な》でて、懐《なつ》いて、モフモフして可愛がる——だけではないと思います、折口です。

少数派ですね、知ってました。


0《ゼロ》のコミカライズも告知したのですが、こちらは現在遅れております。

詳細をお伝えできる段階ではないのですが、上手《うま》いこと運びましたら編集部から告知があることと思います。

そちらも楽しみにお待ちいただければ！　それまではこの本で、チェルベやベルメールやフソゥの可愛さに悶《もだ》えてもらえたらと思います。

アニメ企画も、絶賛進行中です。

皆様頼りになるスタッフで、アニメ化が初めての原作者は「ほへー、すごい世界だ」とひたすらに驚いております。

オーディション現場にも行きました。

声優さんが集まって演技する中で、「ほへー、すごい世界だ」とひたすらに驚いていました。

またかよ。

アニメというのは自作が自分の手を離れ、広がっていくことなんだな……と痛感しております。

それでは謝辞《しゃじ》を。

編集の日比生《ひびう》さん。いつもありがとうございます。

アニメ化でわからないことだらけではありますが、頼りにしております。これからもどうぞよろしくお願いいたします。

イラストのＺ《ぜつ》トン先生もありがとうございます。

こちらもアニメ化で諸々《もろもろ》、ご面倒《めんどう》をおかけしております。作業量は大変なことになっているかと思いますが一緒に乗り切りましょう。

そして本編コミカライズの鉄巻《かねまき》とーます先生。

この本が出るのにあわせてコミック2巻も出ることと思います。勢いのあるモン医者コミカライズが更《さら》に加速することを祈っております。

そして今巻においては、キャラデザをお願いしました、ソロピップB先生。0《ゼロ》のキャラたちを魅力的に描いてくださりありがとうございます。この作品が生き生きしているのはソロピップB先生のおかげです。フソゥの章はちょっと筆が乗りすぎました（反省）

そしてアニメスタッフの皆様方。
こちらも頼りにしております。ファンの皆さんに愛されるアニメになるよう祈っております。大変かとは思いますが、どうかよろしくお願いいたします。

またいつもつるんでくださる作家の皆様方。ツイッター等で交流してくださる漫画家、イラストレーターの皆様。人外オンリー主催S－BOW様、ならびにスタッフの皆様。全国の書店員の皆様。COMICリュウの担当様ならびに編集部様。実家を出たのでなかなか会う機会のない家族。細かいところまできっちり指摘《してき》をくださった校正様。
そして誰よりも読んでくださった皆様へ、最大限の感謝を。

次はたぶん、8巻。里帰り&結婚挨拶《あいさつ》のグレン……。
大活躍するのは誰でしょうか。え？　あの不健全存在の植物魔族？　ホントか？

折口良乃

ダッシュエックス文庫

モンスター娘のお医者さん0

折口良乃

2020年 3 月30日　第1刷発行

★定価はカバーに表示してあります

発行者　北畠輝幸
発行所　株式会社　集英社
〒101−8050　東京都千代田区一ツ橋2−5−10
03（3230）6229（編集）
03（3230）6393（販売／書店専用）03（3230）6080（読者係）
印刷所　図書印刷株式会社

ISBN978-4-08-631358-2 C0193